La Compagnie des femmes

DU MÊME AUTEUR

Romans

Les Jours en couleurs, *Grasset (1971)*
L'Homme arc-en-ciel, *Grasset (1971)*
Transit-Express, *Grasset (1975)*
L'Amour dans l'âme, *Grasset (1978)*
Océans, *Grasset (1983)*
Le Voyageur magnifique, *Grasset (Prix des Libraires 1987)*
La Dérive des sentiments, *Grasset (Prix Médicis 1991)*
Le Prochain amour, *Grasset (1996)*
La Voix perdue des hommes, *Grasset (2001)*
Les Éternelles, *Grasset (2004)*
Les Novices, *Grasset (2006)*
Je voudrais tant revenir, *Seuil (2007)*

Poésie

Jours ordinaires, *Grasset (1989)*
Sorties de nuit, *Grasset (1993)*
Le Souffle du monde, *Grasset (2000)*

Nouvelles

Un instant de bonheur, *Grasset (1997)*

Essais

La Ruée vers l'infini 1, *Biblio-essais ; Le Livre de Poche (1997)*
La Ruée vers l'infini 2, *Biblio-essais ; Le Livre de Poche (2005)*
Paris-Aquarelle, *Éditions du Pacifique (2000)*
Lou Andréas-Salomé, *Éditions Mengès (2003)*
La Manufacture des rêves, *Grasset (2003)*
Jack London, *Éditions Mengès (2009)*

Livres pour enfants

L'Enfant sans nom, *Grasset-Jeunesse (2000)*

Yves Simon

La Compagnie des femmes

roman

Stock

Couverture Hubert Michel
Photo auteur : © Nicolas Comment

ISBN 978-2-234-06948-0

« On n'est jamais le même, il faudrait se tutoyer toute sa vie. »

Chris Marker

1

Léonie était jeune et moi qui vieillissais.

Je pensai qu'il me faudrait au moins mille pages pour décrire son visage. Un millier de pages pour sculpter les contours et reliefs d'une figure de femme, avec le seul usage des mots, les lettres d'un alphabet, une grammaire et des adjectifs pimpants. Décrire avec une minutie raffinée ses lèvres ourlées, un nez joyeusement épaté, des yeux noirs effilés pareils à des corps d'abeilles. Mais encore le pigment d'une peau métissée, sa couleur exacte – ambre tendance pain au lait –, les minuscules grains de beauté disposés au pic de ses joues. Après ce travail titanesque, une image à peu près correcte parviendrait-elle à se visualiser dans l'imaginaire d'un quelconque lecteur ?

Très vite je fus convaincu que les mots seraient inopérants pour évoquer ce qui simplement nous émeut par la vue, par une photographie, ce petit ovale de réalité qu'est un visage. Je n'en éprouvai ni amertume ni rage, ma déception suffisait. Moi qui avais écrit bon nombre de romans, j'en arrivais à ce constat d'impuissance que je ne pourrais décrire à la perfection la souveraine élégance de Léonie. Ni surtout la rendre séduisante et attachante à des lecteurs lambda qui n'auraient jamais eu dans leur entourage une personne aussi émouvante qu'elle à observer. Sans doute qu'il me suffirait d'asséner que Léonie était *belle et gracieuse* et chacun accolerait à ces deux adjectifs un visage beau et gracieux de son choix. L'affaire serait entendue. On le sait, les attractions pour un visage sont question d'imagination, chacun a son histoire, ses souvenirs, son entendement du beau comme du gracieux et alors défilent, comme lors d'un portrait-robot, toutes sortes de bouches, de nez, un menton, des mimiques, l'abîme d'un regard, des franges sur le front, pour élaborer secrètement le visage beau et gracieux d'une personne jamais rencontrée.

2

Il y a moins d'une heure, j'avais pris le volant de mon antique voiture, un coup de tête. Sur le périphérique, hésitation : le Nord, le Sud ? Cerné par les luminosités de Paris et de sa banlieue qui s'étaient mises à frissonner à l'arrivée du soir, j'avais effectué un tour complet sans parvenir à me décider. Certes, j'aimais les contrées nordiques, les écharpes doublement nouées, les mots en buée sortis des bouches, le gel qui rapproche les êtres comme s'ils tentaient de se couver les uns les autres… J'hésitais entre une virée plutôt austère et une autre plus colorée, espérant ne trouver sur ma route que des ciels tourmentés, agrémentés de vents voluptueux.

Nous étions fin octobre.

De retour à la Porte d'Orléans il n'y eut plus à hésiter, l'hypothèse Midi avait fait son chemin. J'optai pour le bleu cobalt, le vert de jade, les reflets de lampadaires scintillants, une fois la nuit tombée, sur les vagues méditerranéennes, comme si j'imaginais toujours une mer pour m'accueillir aux confins des autoroutes. Aucun *plan de vol*, je m'arrêterais à la première fatigue ou à ma première envie de marcher sur une aire de repos pour profiter des effluves de benzène, ces nuages pailletés qui débordent des stations-service. Je mangerais un hamburger graisseux et boirais un gobelet de café noir au milieu de voyageurs transis.

Désormais, une certitude : m'arrêter à Lyon et me recueillir sur la tombe de Vincent, mon ami d'enfance mis en terre il y a à peine trois mois. Un suicide de paysan, par pendaison. Inhumé dans sa ville d'adoption, son cadavre n'eut pas à subir un voyage de retour en fourgon mortuaire vers nos Vosges natales.

Je m'étais rendu en TGV à l'enterrement et j'y avais retrouvé ses trois frères et sœur que je n'avais pas revus depuis des lustres. Les enterrements sont de curieux salons du passé où défilent des figures oubliées, celles que l'on croyait rayées à jamais de notre carte mentale. François était présent lui aussi, le troisième héros de notre trio d'adolescents qui fabriquions des fusées dans le corps de pompes à vélo… Mais je n'avais plus grand-chose à lui dire, « salut qu'est-ce que tu d'viens », le temps et l'espace entre les êtres deviennent parfois si considérables que l'on se demande comment ces planètes ont pu un jour graviter dans un même ciel.

Sans doute inconsciemment avais-je choisi le Sud pour venir saluer Vincent et tenter de décrypter dans l'austérité d'un cimetière le pourquoi d'un suicide. Parler à un mort est quelquefois plus facile que de s'adresser à un vivant, tant les mots enfouis reviennent à la surface qu'il en est sûrement un qui s'illumine dans le foutoir de toute une vie pour révéler ce qu'elle n'a pu offrir.

Avant ce tragique dénouement nous avions longuement conversé au téléphone et j'aurais dû remarquer la fréquence inhabituelle de ses appels, son souffle court, ses hésitations. Nullement anodin qu'il me sollicite, plusieurs fois par semaine, comme pris d'une soudaine frénésie de parler, mots parfois vagues, mais parler, et se contenter, à défaut d'être réconfortant, du son de ma voix.

« J'ai perdu le monde », dit-il un soir en laissant traîner derrière sa phrase, comme une queue de comète éblouie, un long silence. De quel monde parlait-il ? Celui de l'enfance ? De l'adolescence ? Ou alors celui d'aujourd'hui dans lequel on veut déjà finir sa vie puisqu'on s'y sent un intrus. Être intrus dans le monde, pensai-je, c'est sans doute ne plus savoir à quel point d'intersection de latitude et de longitude notre cœur peut battre encore. Ce point d'humanité personnelle est devenu la place d'un autre. Ou de rien.

3

Mon regard balayait la quelque centaine de mètres de mon champ de vision, l'urgence du moment.

L'intérêt de l'autoroute, lorsqu'on n'a aucun itinéraire en tête, est qu'elle est justement *l'itinéraire*. Il suffit, à la sortie des échangeurs d'une capitale, de repérer un nom de ville, blanc sur fond bleu outremer, tout autant magique que mystérieux, et se laisser guider. Amples virages, trajectoires rectilignes, aucune intersection, un ruban d'asphalte planté de vastes panneaux qui affichent des cités lointaines, jamais de villages. Sortie Nord, sortie Sud, on s'adapte à l'usage antique des boussoles. Virtuelles, les villes traversées n'apparaissent que sur des panneaux indicateurs, les cathédrales sont des pictogrammes, les régions des logos. Personne ne réside à demeure sur cette étroite langue de bitume. Pourtant des millions de gens y passent quelques heures – un intermède –, ils roulent, le temps de nourrir de leur éphémère présence un rameau du réseau. Les destinations sont de vaniteux mirages et chacun a le loisir de se retrouver là dans son absolue présence, face à une piste qui semble infinie. Espace de liberté, une vie entre parenthèses s'y déroule, ouverte aux songes, aux indécisions, aux dérives inaccomplies : l'autoroute est une vacance. Anonyme dans ce non-lieu du monde, je me sentais devenir soupapes, bielles, vitesse : une immatriculation.

L'autoroute, déjà, me reposait de moi.

C'est la tête contaminée par toutes sortes de parasites existentiels que je m'étais enfui de mon igloo parisien. La mort de Vincent avait exhumé nos extravagances adolescentes comme nos certitudes d'alors de ne jamais nous soumettre à la décapante monotonie des vies qui nous cernaient. Devenues les repères négatifs de ce que nous ne voulions surtout pas devenir, elles nous glaçaient le sang. Ne pas être comme *eux*, ne jamais *leur* ressembler, disions-nous, mieux valait mourir à l'instant que s'engluer dans une telle fadeur.

Des cris, des larmes, la souffrance plutôt que la tiède morosité.

À part me perdre, j'avais en tête quelques projets. Rien de précis d'ailleurs. Mon éditeur m'avait demandé il y a quelques semaines de réfléchir à une autobiographie. Je pensai qu'il me croyait déjà au bord de la tombe et s'empresserait de ranger mon testament littéraire dans une de ses armoires vernissées. Je ne lui en voulais pas. Même, je lui savais gré de me trouver un prétexte à écrire. J'adorais les prétextes de toutes sortes, à voyager, à être joyeux, à s'enivrer... Alors je m'adonnais à ce qu'une étincelle vienne éveiller dans mon corps un désir surgi du néant, et que je savais porter en moi, comme un cadeau endormi.

À la va-vite, j'avais entassé dans mon bagage des petits ustensiles de la survie : T-shirts, slips, une trousse de toilette, mes médicaments, une boîte déjà entamée de havanes et mon ordinateur que j'avais glissé dans un sac de toile rêche. Paré de mon blouson de cuir et d'une écharpe, j'étais prêt pour une sublime virée autoroutière. Pages sauvages concoctées dans l'errance, la nuit des motels, les brouhahas d'autoroute, j'enverrais à mon éditeur nécrophile des bribes de chapitres au fur et à mesure de leur écriture. J'envisageais tout aussi sereinement qu'il n'y ait rien à dire, ni à écrire. Nulle contrainte, je ne me sentais redevable de rien. C'était cela partir : entendre le claquement d'une porte et se savoir projeté à l'intérieur du monde, prêt à affronter les jours et les nuits d'une odyssée bitumée, un itinéraire sans but sinon celui de se trouver dans le nulle part d'un rêve.

4

« Vous êtes juif », me demanda un jour un attaché d'ambassade à l'occasion d'un cocktail urbain. Voyant ma surprise, le jeune type ajouta : « Eh bien, Simon, votre patronyme... » Ce nom que je tenais d'un père cheminot, d'un grand-père cultivateur ne m'avait jamais fait songer qu'il puisse venir d'ailleurs que là où eux-mêmes étaient nés, l'Est de la France, un terroir sans grâce où les rêves de ses habitants s'étriquent à chaque anniversaire, aux deuils comme aux déclarations de guerre. Je dévisageai l'homme dont je n'avais jusque-là remarqué que le costume d'alpaga et, au vu de son air bienveillant, et pour tout dire sympathique, je répondis que non. Non, ce jour-là je n'étais pas juif. Autant l'avouer, à diverses reprises survenues ultérieurement, je m'entendis ne pas faire une réponse identique. En effet, c'est en dévisageant à chaque fois le questionneur que je variais ma réponse. Était-il antipathique, j'acceptais alors une judéité instantanée afin que la question rende le questionneur honteux de sa question. Le laisser croupir dans sa nébuleuse crasse des races et des racines, moi qui n'en revendiquais aucune. J'étais un habitant de France, parlais sa langue et s'étaient collés à ma peau les souvenirs hexagonaux d'un territoire du monde, ceux qui forment, avec le temps, une histoire commune et dispensent de s'interroger sur où et quand avait commencé l'appartenance. Bref, je me sentais intuitivement Français sans avoir à me le demander.

Lors de fêtes nationales ou commémorations, face au monument aux morts de mes jeunes années, une bouffée diffuse montait en moi et je ne pouvais retenir quelques larmes lorsque retentissait une famélique *Marseillaise* interprétée par un clairon, un tambour et une clarinette. Nullement honteux de ces pleurs indociles qui révélaient une sensiblerie peu flatteuse, je revendiquais mes dix ans et m'autorisais tous les débordements.

Finalement, être juif à la demande, à mon humeur, à mon instinct, ne me déplaisait pas. Je serais errant, traverserais les équateurs, irais voir comment se porte le monde lorsque j'en suis absent. Je n'aurais aucun goût pour la sédentarité, n'aurais ni appartement ni maison dont je serais le propriétaire, me désengagerais de la pierre, de la terre pour m'en tenir à la seule légèreté : une manière oiseau de survoler sa vie. Je vivrais dans des lieux provisoires, chambres d'hôtel, maisons de location, des lieux à tout le monde et qui ne délivrent nulle trace lorsque chacun les quitte.

À vingt ans je me fascinai pour les autoroutes et les grands espaces, quarante ans plus tard, me restait ce goût enivrant d'une jeunesse, partir en silence comme un fuyard, ne laisser aucune adresse, vivre seul avec les souvenirs qui s'accrochent au voyage, souffrir qu'ils vous envahissent puis, les yeux captivés par l'autoroute, ne songer qu'au long ruban hypnotique et finir par abandonner sur les bas-côtés quelques cadavres de sa mémoire.

5

Justement, psalmodiées par les incessants soubresauts des mini-fractures du macadam, mille pensées tumultueuses m'assaillaient. Justine, les seins de Justine, le cul de Justine, les extravagances de Justine étaient de celles-là. Dans un tout autre registre, ma mère aussi était présente, comme Léonie et sa bouche nacrée, ses parfums, ses pudeurs. Pour en revenir à Justine, peut-être était-ce elle que je fuyais plus qu'une monotonie, plus que la torpeur. Inévitablement, elle avait une façon exaltée de scénariser nos rencontres comme si les seules armes de nos désirs avaient besoin d'un supplément d'érotisation. Elle faisait partie de ces gens obsédés par le plein. Il fallait que son réfrigérateur soit rempli en permanence, elle embrassait quatre fois un inconnu qui venait de lui être présenté, envoyait mille baisers à la fin de ses mails, ou mille mercis à qui lui avait rappelé inopinément l'arrivée des soldes d'hiver. Pour résumer, Justine était une stakhanoviste du plaisir.

La volupté, la belle affaire ! Un éclair de jouissance et déjà les pendules ne sont plus à l'heure, il faut alors remonter le balancier, se tenir au bord de la falaise des désirs et repartir en vol plané au-dessus d'une géographie humaine, un corps, y planter ses dards et ses flèches, banderilles euphoriques à sans cesse renouveler. Ce qui m'avait au début séduit chez elle aujourd'hui m'accablait. Parfois j'éprouvais même une sorte d'écœurement à voir nos corps gigoter ainsi, sentir nos peaux ruisseler, nos cheveux se répartir en mèches gluantes, comme si nous menions un combat où il n'y a, je le savais, que des vaincus. Vaincus de fatigue, d'inassouvissement à toujours recommencer un processus menant immanquablement au même dénouement. Malgré l'inventivité enragée dont elle ne se lassait pas d'être l'instigatrice, ces tempêtes corporelles m'anéantissaient, apercevant là des rivages puérils qui me mortifiaient, comme si je me rendais compte qu'être né n'aurait servi qu'à cela : s'agiter sans amour dans les pénombres en quête d'instants extatiques aussitôt oubliés.

Qui se souvient de ses jouissances ? De ces décharges électriques qui embrasent un instant le corps, yeux révulsés, muscles défaits, à s'oublier une micro-seconde d'éternité. On sait qu'elles eurent lieu, mais la mémoire n'a retenu que des flamboiements génériques, répétitifs, où les femmes qui les provoquèrent s'indifférencient dans un souvenir étale n'englobant plus aucune singularité. Pourtant, que de prouesses et de ruses pour parvenir à ce que de tels jaillissements surviennent ! Parfois ils se mêlèrent à de l'amour, le plus souvent, à rien. Même, avec le temps, les jouissances qui furent amoureuses se trouvent confusément mélangées à celles qui ne le furent pas. Cette constatation avait quelque chose de désolant. De choquant même. Ainsi, ce qui nous a fait parfois prendre un avion pour franchir un continent, traverser une ville assoupie et aller rejoindre en une lointaine banlieue la belle d'une nuit, ne laissera aucune trace, sinon celle des trajets enflammés qui y conduisaient. L'insaisissable désir qui nous a étreints si violemment et nous a fait courir pour une ivresse est devenu l'insaisissable souvenir de ce minuscule instant.

Même si le commerce récent de deux femmes qui ne se connaissaient pas avait été aimable et joyeux, comment ne pas songer que c'était bien Justine et sa tyrannie sexuelle que je fuyais ? Deux femmes, deux paysages, l'extraversion de Justine et les timidités de Léonie. Si cet agencement des désirs m'avait un jour comblé, aujourd'hui il me tuait.

Je roulais sur une autoroute en emportant l'unique trésor qui me restait, Léonie, passagère invisible de mon voyage.

6

Je m'arrêtai pour un plein d'essence. J'avais enfilé mon blouson de cuir et commençais à dévisser, sous les néons glauques de l'endroit, mon bouchon de réservoir lorsqu'un 4 × 4 sombre s'arrêta de l'autre côté de la pompe, vitres baissées. S'échappait de l'intérieur une chanson que j'avais toujours adulée parce qu'elle provoquait en moi une inexplicable mélancolie. Même, j'avais expulsé des déluges de larmes en l'écoutant un jour, il y a longtemps, alors que je me rendais dans mon village de naissance, à Choiseul (Haute-Marne). N'ayant aucun goût pour le retour aux sources ni pour toute frénésie maladive des origines, je n'y étais jamais allé adulte, mais à ce moment-là de ma vie – j'avais trente ans – un incernable besoin m'attirait dans ce bled perdu de l'Est de la France.

Une chose plutôt étonnante venait de m'arriver : le succès. Rien ne prépare à cela, un cyclone, un tourbillon tout aussi féroce que caressant, une rage amoureuse qui s'empare des autres envers vous, alors que l'on sait pertinemment que rien de profond n'a changé dans les racines de son cœur. *Il voyage en solitaire* était le titre de cette chanson des années soixante-dix, et ce jour-là j'avais remis la cassette en boucle, seul dans ma voiture, me demandant à l'infini pourquoi je pouvais être si triste alors que tout me souriait.

Sans raison apparente, à l'approche de mon village natal, mes larmes redoublèrent comme si je faisais un bilan désastreux du temps écoulé entre l'ancien presbytère où j'étais né, trente ans plus tôt, et le personnage d'aujourd'hui qui portait le même nom que le nourrisson d'alors. Le ruban de ma vie défilait dans mon cerveau et, pareil aux dépressifs auxquels rien ne semble sourire, il m'apparut insignifiant. Des pleurs, des larmes, inutile d'essayer de les dissimuler, j'étais une fontaine circulant incognito sur les vicinales de Haute-Marne.

Ma mère m'avait raconté comment j'étais né, comment j'avais dû être extrait de son ventre, à la maison, alors que l'hôpital, où une chambre lui était réservée, venait d'être bombardé : derniers soubresauts d'une guerre à l'agonie.

Elle n'avait pas vingt ans, je serais son unique enfant.

Ce jour de mai, un orage grondait et les éclairs avaient pénétré la maison comme s'ils devaient y séjourner. Aux premières contractions, le dessus d'une tête, crâne glabre, était apparu pour disparaître aussitôt. À toute allure, mon père enfourcha une bicyclette afin d'aller prévenir, au village d'à côté, l'homme de l'art qui se rendit à notre domicile en calèche. Ses instruments rouillés glacèrent d'effroi ma mère puisqu'elle dut finalement être incisée – le bébé va mourir –, afin que l'on m'extirpe d'elle de toute urgence. Lorsque je fus enfin dehors, sans anesthésiant le médecin sutura de quatre points le sexe de maman qui s'époumona de douleur, mêlant ses cris aux miens.

Jamais elle n'épilogua sur cette intrusion – mon arrivée dans le monde – intempestive et douloureuse. Sans doute qu'un lien, au-delà d'une banale naissance, nous a unis, elle et moi, d'une manière indéfectiblement sauvage.

J'allai payer mon essence avec une carte de crédit et partis me garer au parking de la cafétéria. Le 4 × 4 avait disparu, emportant ma chanson. Pourtant, à l'écoute de cette mélopée avec un piano lancinant pour l'envelopper, en un quart de seconde j'avais revisité mon expédition haut-marnaise, mon chagrin, l'ancien presbytère où j'étais né, l'unique rue d'un village désert… Je songeai que les chansons portaient des charges affectives qui nous attachent à elles pour toujours, plus qu'un roman, plus qu'un film, en une poignée de secondes elles se dévident à nos mémoires. Elles restituent à l'instant des morceaux d'espace et de temps dont on fut un jour le prisonnier, le héros, pour nous faire voyager dans les couloirs de nos vies et reproduire la photographie sentimentale de qui on était, où et avec qui on se trouvait, à un moment donné de notre histoire.

J'achetai un paquet de madeleines de Commercy, une tablette de chocolat suisse aux noisettes, m'en allai boire un café, long sucré, sur une des tablettes spartiates de l'endroit. La nuit commençait à peine à divulguer ses ombres et il me restait une petite heure avant de décider d'un endroit où dormir.

C'est en me glissant sur le siège de ma voiture que je trouvai une première phrase, celle que j'enverrais sans doute ce soir à mon nécro-éditeur, une phrase déjà formulée dans un de mes romans mais à laquelle je n'avais donné aucune suite :

Je suis longtemps resté jeune, ce fut comme une maladie.

7

Qui se souvient ? Une guerre d'Algérie en cours, un général président, Trente Glorieuses à l'apogée, nous vivions en apesanteur une adolescence de nantis, gavés de liberté et d'un avenir sans ombre ni limites, gâtés par les insolences d'une Nouvelle Vague qui répondait à nos secrètes pensées. La jeunesse du monde se trémoussait sur *Satisfaction*, apprenait les accords de *Blowin' in the wind*, lisait *La Fin de l'éternité* d'Asimov et *Tendre Jeudi* de Steinbeck.

Étudiant de vingt ans, j'écoutais pousser mes cheveux, arpentais les boulevards de Paris afin de rejoindre une confrérie sorbonnarde aux amphis Descartes et Voltaire. Dans le même temps, je préparais le concours d'une école de cinéma (IDHEC) et visionnais aux cinémathèques de la rue d'Ulm et du Palais de Chaillot trois, quatre films par jour : Eisenstein, Godard, Hawks, Marker, tout ce que le Rex de la ville thermale où j'avais vécu ne m'aurait jamais permis de connaître.

Comment imaginer que la femme qui embellirait un jour ma vie venait de faire son entrée dans le monde, à la clinique des Abîmes, dans l'île Papillon de la Guadeloupe ? Je susurrais dans ma consternante chambre de bonne mes premières chansons, alors qu'une petite fille hurlait là-bas, aux Caraïbes, Léonie qui quémandait le sein de sa mère, s'apprêtant déjà à se gaver des fruits du paradis, mangues, lait de coco, goyaves, tout ce qui satine la peau des petites créoles.

Très vite elle porta des robes colorées et brodées, ses sœurs aînées nattèrent de couettes ses cheveux crépus et, à l'ombre d'un avocatier et de deux citronniers, elle se plongea dans les histoires d'Heidi et de la comtesse de Ségur. Chaque matin les coqs alentour chantaient, elle aima le tintinnabulement des pluies tropicales sur les vitres de sa maison de bois, se rendit le dimanche à la messe pour se glisser, à l'heure de la sieste, entre les draps amidonnés de Man Sin, sa grand-mère.

Ici, nulle canicule, les alizés venus de la mer et de l'océan apaisent les surchauffes de l'été tropical. Comme une onction divine qui se renouvellerait chaque jour, une vie doucereuse inondait Léonie, la caressait de partout, aux mollets et sur la nuque : jamais les perles de chaleur sur ses joues ne purent se confondre avec des larmes. Ivre de tant de bienfaits octroyés par la nature et les humains, Léonie eut l'ingénuité insensée de croire que le monde serait toujours ainsi, bienveillant, serviable et porteur de bonnes nouvelles.

Pourtant, lorsqu'elle eut dix ans, un chaos s'empara d'elle et de ses rêves. Foudroyée, elle dut quitter son île gracieuse, envoyée par Lucille, sa mère, en métropole. Une valise, un avion, une pancarte sur le buste indiquant les nom et prénom de la petite fille, ses chers manguiers refleuriraient sans elle.

Paris, phare inabordable, elle habita une banlieue terne et sans éclat, au milieu d'immeubles fissurés.

Elle fit connaissance avec le crachin, la grêle et le gel, le froid l'avait saisie, comme une mélancolie qui ne la quitterait jamais.

8

Durant les vingt années qui suivirent, Léonie vécut sans tout à fait vivre. Une torpeur, un mal abyssal, elle se persuada qu'un flux ininterrompu de paroles pourrait la guérir d'un amour maternel coupablement absent. Son désir ? Que sa mère l'appelle une fois, une seule fois pour oser lui dire : « Tu me manques, ma chérie, je t'ai tellement négligée. »

Les silences.

Léonie construisit sa vie sur ce manque d'un amour espéré quand tout la suppliait de vivre sans lui. Soldat de porcelaine, elle partit s'allonger sur un divan tout de velours pour réparer l'absence qui ne pouvait se combler. Parler, tenter de relier ce qui n'a plus de lien, huit années passées à s'épuiser, renaître, l'exaltation parfois la submergeait. À travers les éclairs de mots que formulait sa bouche, son mal se dévida tel un astéroïde cabossé venu colmater des falaises de cristal.

Au final, après avoir une ultime fois payé cash l'homme qui avait écouté la révélation de ses souvenirs infirmes, elle referma délicatement la porte et se trouva en possession d'une mémoire sélective, d'une vie fraîchement repeinte qu'elle s'empressa d'embellir de lectures, de voyages, d'amours…

Un jour, en écoutant *I know it's over* de Jeff Buckley, elle me dit : « Si je n'avais pas retrouvé ma mère, cette chanson me ferait mourir. »

9

Le ciel s'était chargé de nuages violets. Promesse d'orage et de pluie drue, manqueraient les éclairs, nous étions en automne. J'allumai mes codes et entrepris de rouler à petite allure pour rêvasser à loisir.

De fait, je ne me sentais pas seul. Tout affluait comme l'eau insaisissable et furieuse qui se rue dans une écluse venant de s'ouvrir : les routes américaines, des joues duvetées, des champs de mirabelliers, la casquette de cheminot de mon père flanquée de deux étoiles d'argent, les traces de lynx dans mes neiges vosgiennes, les grands hôtels de luxe aux volets clos qui, tels des paquebots pris par les glaces, trônaient durant chaque hiver dans notre petite station thermale. Léonie, présente elle aussi comme un jour plein, d'autres femmes plus anciennes aux visages figés dans un sourire, une surprise, en pleurs : Anna qui venait de perdre l'enfant que nous attendions. Brune et ombrée à l'andalouse, elle avait inscrit *Joachim*, le prénom que nous lui avions choisi, sur une tablette funéraire qu'elle avait posée sur une cheminée de marbre entre deux candélabres auxquels nous ajoutâmes un brûloir d'encens. Nulle cérémonie pour un enfant des limbes, ni de cercueil qui se remplirait de ses premiers jouets. Nous avions arraché des pétales de fleurs blanches que nous avions lancés depuis notre fenêtre, dans l'azur, pour recouvrir le corps céleste de nos pensées. Pendant des mois, la femme que j'aimais resta couchée, hébétée de tant de dramaturgie. Lorsque je lui appris qu'il y avait dans la tradition shintoïste un dieu – *Jizo* – en charge des enfants jamais nés, elle sembla s'apaiser et imagina que notre enfant avait rencontré, là où il se trouvait, un protecteur. Pourtant, je l'aperçus plusieurs nuits, allongée à terre sur un tapis, en larmes, secouée de convulsions parce qu'elle ne pouvait ignorer que rien ne viendrait remplacer l'enfant perdu.

Après le drame, je ne savais plus si j'avais aimé le ventre d'une femme capable de loger l'enfant dont nous rêvions ou cette femme seule, sans projet, lisse de tout avenir. Lorsque nous nous sommes quittés, j'avais le sentiment de porter des pierres sous la peau, d'être un ouragan qui bruissait de partout, mais qui devait se taire puisque la politesse entre nous avait été plus qu'une signature élégante du désespoir, mais encore, la marque de l'amour même que nous nous portions.

D'autres femmes dont je fus épris accompagnèrent ma vie. Calmes ou survoltées, elles crurent parfois à l'osmose illusoire des corps comme des âmes, à la fraternité des esprits, alors que, les mois passant, chacun en revenait à l'indépassable altérité qui rend plus compagnonnage que fusionnel le chemin que parcourent, durant un segment de temps, les amants.

Il y a toujours une porte close par laquelle aucun des amants ne parvient à entrer, une cicatrice de silence, une blessure de premier jour refermée à jamais. J'ai ressenti une certaine désespérance à ne pouvoir franchir le seuil qui m'aurait amené à contempler, sous un soleil spectral, un champ de pivoines et de jonquilles, le havre secret d'une femme, son repos.

10

Les mots circulaient dans ma tête tel un *Bottin* cérébral, un dictionnaire des affects et des douceurs. Des douleurs ? J'écoutais la musique d'*Ascenseur pour l'échafaud*, improvisée devant un écran de cinéma en décembre 57 par Miles Davis et, tout en conduisant, j'avais ingurgité la moitié du chocolat et la boîte entière de madeleines. Sans avoir à les tremper dans une quelconque tasse de thé, les petits biscuits du temps retrouvé laissaient déferler des guirlandes de souvenirs, ceux vagabonds dans mon cerveau, ceux scarifiés sur ma peau, les rides, ces cicatrices qui nous rappellent que le passé a existé et qu'il ne fut pas vain.

Comment échapper à son visage ? Témoin de tant d'orages et de bourrasques, il racontait que je n'étais pas né d'hier. Ma peau, enveloppe lisse que j'avais crue à jamais immuable, conservait les traînées infinitésimales des larmes et des soucis. Lorsque je songeais au masque que les années m'avaient inventé, j'avais souvent le désir de le regarder à l'instant, dans l'urgence, pour en observer les faillites et les marques du temps, évaluer ainsi de quelle apparence je me trouvais nanti. Le rétroviseur étant vissé à sa place, je n'eus nulle envie de dérégler mon angle de vision.

Bien que rien de particulier ne puisse me porter à une quelconque nostalgie, je ne parvenais pas à me départir d'une tristesse ambiante qui m'accablait, ce sentiment d'impuissance qui étreignait les gens de France sans qu'ils ne sachent à qui s'adresser pour en conjurer la prégnance. Courage absent, une lassitude, une fatigue de soi empoignait chaque citoyen comme si était advenu l'instant de se quitter.

C'était, dit d'une tout autre manière, la teinte défaitiste des dernières pensées de Vincent. C'est de cet épuisement national dont il me parla de longues heures au téléphone, « j'ai perdu le monde », avait-il dit. Sans doute n'était-ce pas là la seule raison de son suicide, mais certains jours il y a un tel empilement d'impossibilités à respirer, à se réjouir de vivre, qu'il suffit d'un simple baiser qui se refuse pour que tout bascule vers l'abîme.

Étrangement, lorsque Sloane, une Albanaise, la dernière femme qu'il ait connue, l'avait quitté, il n'avait exprimé que des regrets, non pas à son sujet, mais ceux de s'être laissé *diminuer* par l'existence. Sans doute n'avait-il plus les forces nécessaires pour endosser ses habits adolescents et parachever ses poèmes d'alors, enrichis de voyages et de couleurs matinales, des pastels surnaturels qui auraient raconté l'émerveillement d'être né : être enfin parvenu à faire du monde son allié et non un bandit qui vous trousse à merci. « La prose a gagné sur la poésie », avait-il dit encore. C'est dans un état quasi léthargique qu'il avait eu l'énergie de prononcer cette phrase que je considère aujourd'hui comme la signature de son adieu. N'est-on pas toujours vaincu par ce en quoi on espérait le plus ? Ainsi, Vincent s'était asphyxié le cœur, il avait inhalé l'amer parfum des défaites, la pire d'entre elles : ne jamais être parvenu à effleurer ce que l'on espérait ardemment devenir. La prose lisse et dictatoriale l'avait anéanti. Lui le surdoué adolescent, lui qui rêvait de traverser le monde armé de ses seuls mots de lune pour le revêtir de lambeaux flamboyants, d'aurores et de crépuscules délavés. Il avait usé ses rétines à contempler des moulins dont les ailes ne tournaient plus, à vouloir vivre au cœur de drames impossibles, de parfums volatilisés, les dérisoires armatures de nos rêves.

11

Une pluie fougueuse fouettait le pare-brise. Vagues d'équinoxe submergeant l'autoroute, j'avais mis en branle les essuie-glaces et, comme une rythmique obsédante, le va-et-vient des balais me donnait envie de psalmodier des mots de nulle importance, *Nous partions en caravane / Sur des chevaux métalliques / Sur les pistes de macadam / Les highways de l'Amérique...* Léonie exécrait le manège incessant des essuie-glaces qui lui donnait la nausée. Je voulus soudain avoir présente sa voix, m'imprégner de cet étonnant accent qui la fait souvent passer pour une étrangère, mais surtout lui révéler, puisque je ne l'avais pas prévenue, que je roulais quelque part sur un chemin de France, que je m'éloignais d'elle physiquement mais aucunement dans mon cœur. Je fis son numéro en mémoire sur mon portable et, avant d'entendre la première sonnerie, je raccrochai. Finalement, je ne me sentais pas de parler : rester dans ma bulle de voyage, jouir d'être un point minuscule sur la carte mondialiste.

Il y a quelque temps, un dimanche, Léonie et moi avions fêté chez ma mère son quatre-vingtième anniversaire. Une bouteille de Saint-Julien, des fleurs, une bague sertie d'une émeraude et son parfum préféré, *L'Eau d'Issey*, les cadeaux du jour. Elle n'en revenait toujours pas d'être parvenue à cet âge. « Je me suis mise à vieillir au lendemain de la mort de ton père », c'est ce qu'elle avait trouvé de mieux pour expliquer les premières stries de son visage et ses jambes amaigries. Elle avait quarante ans. Je me souvenais bien de sa pâleur d'alors et des rires qui avaient mis des années à résonner à nouveau entre nous. Mais elle riait du dedans comme si la bouche avait perdu ses dents. À peine une apparence, le deuil était l'uniforme qui l'habillait de l'intérieur.

Certains autres dimanches, je venais lui rendre visite, seul, les bras encombrés de ses fleurs préférées : œillets de poète, bouquets bigarrés de roses roses et carminées, des iris mauves striés de filigranes jaunes. Pour fêter ma venue, elle ouvrait une bouteille de champagne qu'elle servait dans des coupes en cristal de Baccarat conservées intactes depuis l'époque où, à douze ans, je leur conférais un de nos rares luxes. Puis elle découpait une tarte aux fruits de saison (cerises, pommes, mirabelles) immuablement cernés d'un coulis d'œufs battus mêlés à du lait. Alors, après avoir posé, sans miroir, un trait de rouge à lèvres

Dior que lui avait offert Léonie, nous partions marcher dans les allées fleuries du Parc des Buttes-Chaumont ou sur les bords de l'ample bassin de la Villette. Telle une frêle fiancée, je la tenais par le bras. Le plus souvent, elle avançait sans mot dire, heureuse sans doute que je lui consacre de mon temps pour agrémenter sa journée. Pour les solitaires comme elle, les dimanches sont des épreuves, et il faut s'arc-bouter à soi-même afin que rien ne dégénère. Trouver des réserves ardentes pour se préserver du désir d'en finir là, sur-le-champ, comme un cheval fourbu.

Nous traînassions aux abords des complexes multisalles de cinéma et entrions souvent dans l'une des cafétérias boire un chocolat chaud, mousseux, saupoudré d'un nuage de cacao. Elle me parlait des films qu'elle venait voir ici, seule, me donnait des nouvelles de la tombe de mon père qu'elle entretenait à chacun de ses voyages dans les Vosges, « j'ai fiché en terre un pot de bruyère rouge et planté des pensées jaunes », elle évoquait les séances de gymnastique qu'elle s'essoufflait à effectuer chaque matin, « je ne peux plus plier mon buste, jambes droites, et atteindre, du bout des doigts, la pointe de mes pieds », les incivilités permanentes, les crève-cœur subis, « je suis entrée dans un magasin de sous-vêtements féminins pour faire un cadeau à une de tes cousines et une péronnelle s'est jetée sur moi, pour dire, me regardant droit dans les yeux : *il n'y a rien pour vous ici madame…* »

Je la raccompagnais chez elle à la nuit tombante où elle insistait pour que j'emporte le reste de tarte qu'elle emballait dans un papier alu. Lorsqu'il me fallait la quitter, qu'il gèle ou qu'il vente, éperdue elle se tenait penchée sur son balcon pour profiter de ma silhouette qui s'éloignait sur les trottoirs de l'avenue Jean-Jaurès. Je me retournais, faisais des signes pour répondre aux siens, jusqu'à ce qu'une bouche de métro me fasse disparaître à sa vue.

Là, dans les couloirs faïencés des souterrains, je m'arrêtais un moment, je songeais à son allure fragile, image déjà absente. Comme si elle venait à l'instant de mourir, je tentais de lui faire parvenir les tendresses que je ne lui avais pas dites.

12

Lorsque je cherche à me rappeler maman au temps de mon adolescence, c'est une jolie jeune femme qui m'apparaît, blonde, que les hommes courtisent, comme mes amis de terminale qui souvent la prennent pour ma sœur aînée. Je la vois dans son uniforme de serveuse, jupe noire, corsage blanc ainsi qu'un petit tablier ajouré et brodé qu'elle portait durant les mois de la saison thermale, je revois son *Solex* avec lequel elle se rendait à l'hôtel-restaurant, là où elle officiait, sa beauté, sa jeunesse, sa candeur, tout d'elle m'était précieux : je l'aimais. Comme on aime un être supérieur capable de ne déverser de par le monde que sa seule bonté. J'étais fier d'avoir une mère jeune et belle, généreuse, se démenant pour que rien ne me manquât au regard des fils d'hôteliers qui, arrogants, faisaient pétarader leurs cyclomoteurs à travers les rues de la ville. Le soir, en rentrant, elle apprenait l'anglais avec une méthode utilisant des mini-cassettes. Son accent était épouvantable, « aille ame api ! », mais elle retenait, vite et bien, le vocabulaire comme les conjugaisons. Jusque tard chaque soir, nous parlions. Elle rêvait de vraies vacances, au bord de la mer où elle n'était jamais allée, d'une vie plus aisée où les fins de mois ne poseraient pas problème, d'un appartement avec salle de bains et WC intérieurs… Nos rêves se ressemblaient, nous étions intimes, de cette intimité rare entre une mère et son jeune fils puisque nous évoquions aussi bien les finances déplorables de la famille que ses soupirants, jamais amants, qui tournaient autour d'elle. C'est à moi que profitaient le plus souvent leurs largesses puisque l'un d'eux m'offrit ma première guitare, une espagnole, que nous allâmes choisir chez un maître luthier de Mirecourt.

Durant l'hiver, maman redevenait femme de ménage. Chez le dentiste de la ville, chez un vendeur de prêt-à-porter, chez le maire, un vieil homme à barbe et cheveux blancs qui me laissait poser mes doigts sur un piano à queue pendant que maman époussetait ses meubles de style. Afin de nourrir mon goût exacerbé pour la musique, elle m'abonna, lorsque j'eus neuf ans, à la « Guilde internationale du disque ». Je reçus ainsi chaque mois, à mon nom, un 33 tours de musique classique, Mozart, Chopin – Beethoven mon préféré, pour sa *Symphonie n°5* –, ainsi que trois de ses pièces pour piano dont j'écoutais l'une d'elles en boucle afin de pleurer tout mon saoul : la sonate en ut mineur dite « la Pathétique ».

Mère affectueuse et tactile, maman me prenait souvent dans ses bras, m'embrassait, m'autorisait à partir dès le mercredi soir pour passer mon jeudi chez Vincent qui habitait à une vingtaine de kilomètres de notre habitation. J'avais treize ans et elle me laissait filer à travers les forêts, avec mon demi-course huit vitesses double plateau, sur la nationale 64, rêvant d'Anquetil, du Tourmalet et de Louison Bobet. Je grimpais un col de quatrième catégorie, et, subtile récompense, une fois franchie la ligne de partage des eaux entre le Nord et le Sud, m'attendaient quatre kilomètres de descente grisante qui menaient jusqu'au village où vivait Vincent. Là nous passions une partie de nos nuits à apprendre les étoiles. Vincent possédait un télescope installé au sommet de sa maison, et c'est en écoutant en boucle *Petite Fleur* de Sydney Bechet, son musicien favori de l'époque, que nous rivions nos yeux sur Bételgeuse, Sirius et Cassiopée, nos astres chéris.

Même si les hivers rigoureux, et l'argent manquant, contraignaient mon père cheminot à aller de temps à autre voler, de nuit, quelques sacs de charbon à *la compagnie* comme il disait, la SNCF pour être clair, l'atmosphère de ces années fut douce, et si le ciel était le plus souvent teinté de gris comme de pluie, une lumière intérieure me chuchotait qu'une des étoiles que j'admirais en compagnie de Vincent veillerait sur moi, comme le faisait maman, jusqu'à ce que le monde s'accorde un jour à mes désirs.

13

La nuit était tombée et je roulais dans une *Mercedes* dézinguée, un trophée acheté trente ans plus tôt à un *Célébrissime*. L'homme meurtri par le départ de celle qu'il aimait m'avait laissé en cadeau les douze petits diamants formant les initiales *J.B.* de la femme qui l'abandonnait, incrustées dans le cuir, au cœur du volant.

Il me fallait songer où dormir.

Un panneau, que je vis au tout dernier moment à travers les trombes d'eau, indiquait un relais à vingt kilomètres. En moins de dix minutes, dans la chambre exiguë d'un motel, je me poserais avec mon ascétique sac de voyage plus quelques vieilles pensées qui surviendraient en rafales.

Comment ne pas s'étonner, où que l'on se trouve, au milieu d'un infini désert ou à se débattre contre une tempête en plein océan, par le nombre assourdissant de fils ténus qui nous relient aux événements de notre histoire, les gloires, les défaites, ce qui a compté ou fait mal et qui constitue notre fatale pesanteur. Je veux parler aussi des ramifications invisibles qui se tissent entre les êtres, éblouissements et désastres, et représentent un réseau immatériel encerclant la planète entière. Un sorte d'Internet animal né avant l'intervention du silicium pour faire part aux étoiles de nos fièvres. Tout surgit en torrents avec charge émotionnelle à la clé, paroles oubliées, cuisses ouvertes, mails délirants, tous ces parfums tenaces qui, à seulement les évoquer, conservent, éloignés par l'espace et le temps, leur pouvoir fantasmatique. Même si je savais que vivre c'est savoir oublier, une odeur de sureau, comme le toucher furtif d'un pull angora me réappropriaient ce que j'imaginais disparu.

À l'instant, je me demandai ce qui m'avait pris de quitter un appartement propret, des guitares acoustiques et électriques, un piano, deux rayonnages de Pléiade, des musiques de films, quelques tableaux, une photographie originale de Kafka, objets que j'avais un jour choisis parce que je pensais qu'il me serait bon de respirer avec eux. Pourquoi alors quitter ce lieu peuplé de manuscrits, de bouteilles d'encre, de stylos, pour me retrouver ainsi en pleine cambrousse, sous une pluie torrentielle ? *L'habitude est ce qui nous déshabitue de l'essentiel.* Mais comment savoir si j'allais rencontrer cet essentiel au bout d'une autoroute après avoir déserté ce qui constituait mon ordinaire ? Le chaos ou la plénitude, qui sait ce que recèlent d'inattendu les voyages que l'on fomente... D'ailleurs, ne sont-ils pas le plus souvent des noces annoncées ? Que de radieuses pensées à seulement évoquer un soleil de plomb, une mer d'huile, des parfums d'eucalyptus et s'imaginer débarrassé, comme par magie, de ses miasmes et misérables tourments !

La lumière, c'est elle qui cartographie les visages pour venir nous émouvoir, elle encore qui romance les hommes et les femmes. Marcher entre deux rangées de flamboyants, des haies de pistachiers, sur les lames de mica et de schiste de la Pointe Saint-Mathieu, et partout s'en aller courir au-devant de la lumière, s'éblouir de sa fonction ondulatoire et corpusculaire, l'ondulation vibrionnante de la matière par laquelle les photons percutent nos rétines impatientes pour raconter notre fulgurant passage au travers des étoiles.

Sculpté par un dieu sans doute amateur de jolies filles, le visage de Léonie captait la lumière comme un dû. Les pellicules argentiques du noir et blanc ne pouvaient que rendre à la perfection les dunes de ses joues, le dessin régulier de son menton, ses yeux amandés.

Toutes les beautés du monde sont les amies de la lumière : les jonquilles, les aigles et les aras, les libellules, les pics dentelés de Montmirail, les baies océanes d'Acapulco, du Mont-Saint-

Michel, de Rio, les cathédrales que les hommes édifièrent à la gloire de Dieu, lesquels, afin de Lui montrer l'unité du genre humain, utilisèrent un unique matériau, la pierre, qu'ils percèrent d'amples vitraux afin qu'y pénètre à foison la lumière divine.

Les clameurs de l'univers alliées à la lumière émergent des pénombres pour se manifester aux regards ébahis, elles sont là pour réenchanter le monde et nous offrir, en toute démocratie, une parcelle de la beauté universelle.

14

Lumière de juillet, claire et brutale.

J'aperçois, depuis une terrasse du carrefour de l'Odéon, une jeune métisse toute de grâce animale, cheveux de jais bouclés à l'européenne. *Une apparition*. Pressée, elle marche droit devant, comme un soldat, son pas claironne sur le bitume. Santiags à bouts carrés, jean noir, blouson de cuir, elle a noué un foulard fleuri à l'échancrure d'un chemisier dentelé. À elle seule, sa parure est un discours amoureux. Port de tête impeccable, cette fille balance sa silhouette sur l'asphalte parisien, elle tangue… Indienne, Africaine, Antillaise ? J'opte, au vu de la couleur ambrée de son métissage, sa dégaine, pour les Caraïbes. Venue d'ailleurs, son sang mêlé et les continents qu'elle arbore avec majesté m'émeuvent. Me sentant d'humeur maussade face à un petit crème de solitaire, ce cadeau inattendu de la vie me ravit.

La matinée s'étire sous une fraîcheur inhabituelle, nous sommes le 14 juillet 1989, et trois Mirage 2000 de la Patrouille de France viennent de cracher un vrombissement tricolore dans le ciel de Paris.

Présence subite de l'autre au milieu des fantômes, un *évènement* vient de surgir à l'instant dans mon paysage et je suis le seul à m'enchanter de cette nouveauté du hasard. Une silhouette, un corps qui danse, un visage.

Passée comme toutes les femmes, le regard fixé vers l'horizon, elle ne m'a bien sûr nullement remarqué. Les garçons reluquent, les filles pas. C'est moi qui rêve, qui phantasme, moi qui veux déjà installer la jeune femme dans ma cosmogonie, la placer sans vergogne entre Stendhal et Perec, l'asseoir sur les genoux de Rimbaud, qu'elle écoute, émue contre moi, Dylan et Schubert, que Matisse la transporte, qu'elle m'entende parler de la Lorraine, de New York, qu'à son tour elle me romance Victor Schoelcher et les sorciers quimboiseurs, m'apprenne à distinguer le rouge hibiscus de celui des flamboyants, qu'elle me décrive l'ambiance surchauffée des combats de coqs, ergots d'acier et furie, me raconte les fruits des dieux, les ananas, les papayes et sapotilles, les mangues dévorées à pleines dents par les enfants, avec le jus qui déborde des lèvres et coule sur le menton.

Elle a enfilé la rue de l'Ancienne Comédie et, le hasard ne pouvant tout offrir, je règle aussitôt mon café et bondis dehors afin de la suivre. Pour moi, une première. Suivre une inconnue, sans mots déjà partagés, sans regards déjà échangés ni secrets révélés, a quelque chose d'insensé. Absurde évidemment. Vite s'imposer une limite : si dans dix minutes elle n'a franchi aucune porte d'immeuble, n'a pénétré nul café ni brasserie, à mon grand regret, ma filature amoureuse devra prendre fin.

Ce 14 juillet 1989 où je rencontre Léonie – car c'est bien d'elle qu'il s'agit – n'est pas une fête nationale comme les autres, le pays célèbre ce jour-là un bicentenaire, celui de la Révolution française. Après avoir laissé s'effacer à mes yeux la belle métisse sous un porche de la rue Mazarine où une plaque, rivée à la pierre, précise qu'*ici a vécu de 1934 à 1944 Robert Desnos, poète français, avant d'être emmené par la Gestapo à Drancy, puis convoyé vers Dachau où il mourut*, je rentre chez moi perclus de mélancolie. Attristé par ce rappel intempestif de l'Histoire, je trouve dérisoire de me sentir accablé par la perte d'une belle de passage. Afin de m'occuper, je feuillette mon *Lagarde et Michard* du XXe siècle avec en couverture un tableau d'Albert Marquet, *Le Pont Saint-Michel*, pour finalement situer, au chapitre surréalisme, un Desnos en chatoyante compagnie : Aragon, Breton, Eluard, Supervielle… Après avoir lu sa courte biographie, je repère ces quelques mots de lui que je prends cinq minutes à mémoriser tant la coïncidence me saisit :

À la poste d'hier tu télégraphieras
que nous sommes bien morts avec les hirondelles.
Facteur triste facteur un cercueil sous ton bras
va-t'en porter ma lettre aux fleurs à tire d'elle.

« Va-t'en porter ma lettre à tire d'elle... »

Je songe au *Minitel* d'alors pour tenter de la joindre, *elle*. Je tape l'adresse de la rue Mazarine sur le clavier préhistorique, sept noms s'affichent sur le minuscule écran, tous affublés de prénoms masculins. Je compose chacun des numéros, raccroche à une voix d'homme, raccroche aux répondeurs. Lorsque enfin je tombe sur une voix féminine, grave, j'invente à l'instant un projet de clip où devraient apparaître des garçons et des filles de chaque continent, Asiatiques, Africains... Lorsqu'elle m'avoue être Guadeloupéenne, je jubile, ce ne peut être qu'elle, la femme que je croyais disparue. Rendez-vous est donc pris pour l'après-midi dans une brasserie, « j'ai un projet pour vous, pour ce soir, un projet républicain puisque j'ai deux places dans la tribune officielle pour le défilé concocté par Jean-Paul Goude ».

Le soir même, une Léonie intimidée se retrouve à mes côtés sur un des gradins de la Place de la Concorde. Croyant sans doute à un cocktail chic dans un salon chauffé au bas des Champs-Élysées, la belle Antillaise a enfilé un tailleur, jambes nues, elle porte des escarpins. Ce soir de juillet est anormalement frisquet, et nous nous demandons dans quel état de *gélitude* nous allons nous trouver dans les prochaines heures. Léonie me parle des Massaïs déplacés pour cause d'amateurs de safaris venus par hordes de l'Orient et de l'Occident. « C'est l'Afrique qui un jour, pas si lointain, nous apprendra à vivre ! »

Les chars de la parade commémoratrice se succèdent, Amérique/Harlem, Chine/Gardes rouges, celui de la *Glasnost* où s'accrochent des militaires russes coiffés de chapkas fourrées sur lesquelles clignotent des étoiles rouges, plus tard, celui des révolutionnaires de 1789 avec bonnets phrygiens et fusils à l'épaule, tout cela sous le martèlement des Tambours du Bronx, les musiques synthétiques de Wally Badarou et les chœurs de femmes tenant fourches et lanternes pour entonner en boucle *La Carmagnole*.

Léonie frissonne, je dépose ma veste sur ses genoux.

C'est alors qu'une intense émotion traverse le somptueux décor de la Concorde : Jessye Norman revêtue d'un ample drapeau tricolore se dresse au pied de l'obélisque et, *a capella*, entonne *La Marseillaise*. Médusée, émue, respectueuse, la foule, en silence, se lève. Une centaine de choristes vient rejoindre la diva. Des larmes perlent sur les joues de Léonie. Pleure la métisse… Pour *La Marseillaise* ? Pour Jessye Norman ? Et moi qui me prends à vénérer ce pays qui choisit une cantatrice noire, américaine, pour devenir le porte-voix de révolutionnaires français.

Étreindre ses longs doigts, je saisis la main de Léonie.

15

C'est aux larmes de Léonie que je songeais lorsque j'activai mon clignotant pour m'extraire de *l'itinéraire*. Les italiques d'un néon bleu annoncent un motel de maigre apparat. Dépourvu de parapluie, je prends une douche céleste le temps de me rendre à la réception. Affaire vite entendue : une clé magnétique contre l'empreinte d'une carte de crédit. Je garai ma voiture devant ma porte de chambre et emportai mon bagage dans ma résidence d'un soir. Excité de retrouver mon clavier, je décidai de ne pas ressortir pour m'infliger une salade composée avec, en prime, un quart de chardonnay glacé que j'ingurgiterais sous la lumière consternante d'un *Campanile*.

J'ouvris le réfrigérateur nain et trouvai là un sachet de noix de cajou, un *Toblerone* et un assortiment tropical de fruits lyophilisés. Plus une rangée de flacons aux couleurs ambrées. Ascétisme de l'écriture, mon dîner du soir me convenait. Je décidai de laisser grande ouverte la porte d'entrée pour que me parviennent la rumeur vague des voitures et l'apaisant ruissellement de la pluie.

Tremblement du portable, un énigmatique texto de Léonie qui, ô surprise, ne commentait pas mon départ, mais comme une prémonition inquiète, m'écrivait une pensée d'elle, une alarme :

« *Le désir est salvateur, épanouissant, délicieux, le sexe est tragique, c'est un égarement consenti.* »

Du pur Léonie ! Raccourci, ciselure impeccable de la phrase, telle une pythie, elle distribuait ses oracles... Pressé d'écrire pour mon propre compte, je ne répondis pas sur-le-champ.

J'allumai le téléviseur, coupai le son pour ne garder que le scintillement des images, une présence. Ni table ni chaise, je m'étais assis en tailleur sur le dessus-de-lit, la tête appuyée sur des oreillers. Je dévissai une mignonnette de *Wyborowa*, étalai autour de moi les sachets de nourriture et, l'ordinateur posé sur les cuisses, je me laissai envahir par la bande-son extérieure pour me concentrer sur mes déambulations passées, les épouvantes et les éblouissements qui, un jour, avaient peuplé quelques instants de ma vie.

Ma première phrase restée dans ma mémoire, cela me convenait de commencer mon autobiographie à l'envers, c'est-à-dire par la fin.

« Je suis longtemps resté jeune, ce fut comme une maladie. Un jour des rides se sont incrustées, elles envahirent mon visage et je sus alors qu'il me fallait apprendre le langage des mourants. Pourtant la mort ne fut d'aucune de mes préoccupations tant elle demeura invisible pour n'appartenir qu'aux guerres qui toutes m'avaient été étrangères. Je suis d'une génération qui s'est beaucoup occupée de vivre, qui a sollicité artifices et suppléments pour s'abreuver encore et encore à ce qu'une existence pouvait regorger de fracassant, de disjoncté, d'exubérance. Excès des corps, excès des sentiments, je n'ai aimé que ce qui fit perdre équilibre, les étoiles perdues, absentes de raison, celles dont la lumière ancienne vacillait depuis toujours, bien au-delà des frontières de nos cosmologies. Agnostique, ma foi fut tout autre. Je n'ai cru qu'à mes rencontres instantanées, des paysages, des visages, ces accès à d'infinies travées qui retournent le cœur sans que l'on en sache le pourquoi. Être ému et se demander si c'est la vision d'un univers chiffonné qui vient de surgir dans un quotidien désarmant ou quelques souvenirs engloutis. Correspondances de hasard ? Qui saura jamais la source des émotions… De quelles longueurs d'ondes sont-elles la création pour s'ordonner ainsi et nous faire chanceler ? Les rencontres vibrent. Comme la matière, comme les cordes de nos voix, comme la lumière et l'éclat des regards qui nous traversent. »

J'avais conscience de m'être laissé aller à un tantinet de lyrisme, mais mon éditeur, gauchiste nostalgique d'un passé qu'il n'avait pas vécu, apprécierait sans doute mes poussées d'acné, et même, les adulerait-il tant il ne s'était jamais remis de naître si tard et de n'avoir pu ériger la moindre barricade de révolte.

16

J'avais peu et mal dormi.

Ne pas rester une seconde de plus dans ce lieu qui sentait l'infinie mélancolie des classes moyennes. À l'heure où un soleil laiteux apparaissait aux confins d'une forêt avoisinante, je pris un petit-déjeuner dans un snack installé au centre d'une arche géante qui enjambait les quatre voies de l'autoroute. Tout en trempant des croissants industriels dans un noir crémeux, je passai une bonne demi-heure à regarder, fasciné, le flux des voitures qui filaient sous mes boots. Une caravane des morts qui s'enfuit vers l'oubli.

Où se rend-on si vite à 7 heures du matin ? Afin de repérer une vague résignation, une angoisse, que sais-je, une faille, je tentai d'apercevoir, au millième de seconde, le visage des conducteurs effarés. Pressés par un rendez-vous d'affaire, un enterrement, une cérémonie de mariage ? Pas un rendez-vous d'amour, je le savais, ils se situent tous à l'heure des crépuscules. Mais au petit matin ? Ce convoi matinal d'égarés allait-il se perdre dans les dédales d'une ville afin d'y rencontrer un premier adjoint au maire, un charcutier, un tenancier de bistrot pour lui octroyer un contrat *Orangina* avec parasols de terrasse, cendriers et verres assortis ? Chacun, en tout cas, avait rendez-vous avec une miette de destin qui allait ou bouleverser son existence, ou la maintenir dans sa tiédeur d'alors.

Curieusement, je me trouvais éloigné de la page envoyée la veille à mon éditeur, non pas que j'en aie totalement oublié la substance, mais je préférais en rester à une impression vague plutôt qu'à une certitude stylistique ou factuelle. J'avais souvent remarqué que la mémoire conservait les effluves désincarnés de nos actes plutôt que les actes eux-mêmes. Comme si elle n'engouffrait dans ses labyrinthes que ce qui enrobe, ce qui garde la trace des parfums, ceux qui ont effleuré l'âme sans la violenter. De même, une Léonie en pleurs ne conserverait de notre 14 juillet 89 qu'une unique scène : celle d'une femme noire drapée de bleu-blanc-rouge qui représentait alors la France devant un parterre de Parisiens, mais aussi sous les regards compassés d'une clique internationale installée le long d'un des balcons de l'Hôtel de la Marine. Car en ce lendemain d'un G7 à Versailles, étaient présents, outre François Mitterrand : George Bush père, Margaret Thatcher, Helmut Kohl, Sosuko Uno du Japon et Ciriaco De Mita, le président du Conseil italien.

La négritude dans ce qu'elle a de plus éblouissant et d'immédiat venait d'être ainsi célébrée lors d'un instant solennel de l'Histoire de France. Au plus profond de Léonie, le souvenir à jamais de cet évènement serait sa fierté absolue d'être Noire.

Aux premières lueurs du jour, j'allai m'enquérir de journaux, de magazines. Je traînassai autour des objets en vente dans la boutique : DVD, lions en peluche jaune canari, voitures miniatures… La vendeuse, indifférente, époussetait distraitement son comptoir de verre avec un plumeau arc-en-ciel. Je revins à mon poste d'observation me gaver d'expressos tout en lisant la presse. Les romans du jour s'étalaient au fil des pages, des morts, des émeutes, une jeune actrice, cheveux trempés, illustrait l'article paru pour le film de Pascale Ferran, *Lady Chatterley*.

Les tornades de la veille avaient cessé. De sombres nuages cernant de grandes trouées livides laissaient présager un temps chagrin. Bien qu'assourdi, le flux des voitures s'était amplifié et je restai plusieurs minutes à tenter de fixer les visages qui filaient sous mes pieds.

Ayant achevé mon tour du monde des brutalités, je glissai mes journaux sous le bras et me rendis aux toilettes. Pause pipi avant départ imminent. Ça sentait la créosote à plein nez, ce désinfectant que les cheminots utilisent pour badigeonner les traverses du chemin de fer afin de les protéger des insectes et des intempéries – réminiscence olfactive de mon enfance lorsque je rejoignais mon père sur le réseau SNCF pour lui apporter son repas de midi –, désodorisant qui se trouvait là, projeté sur l'émail blanc des urinoirs et des cuvettes de WC afin de masquer l'air putréfié des déjections humaines.

Étrangement, j'aimais ces lieux d'intimité partagée où personne ne dit mot comme gêné de se retrouver là à exhiber sa tare congénitale : le besoin d'évacuer ce que son corps refuse. Y règne une sorte de fraternité originelle, cette humilité silencieuse que l'on repère dans les hôpitaux où chacun, réduit à sa plus émouvante humanité, avoue à l'autre par un minuscule regard qu'il est son semblable, son frère en désolation et en excréments.

Je me proposais d'aller directement à Lyon, écrire, dormir et, le lendemain matin, me rendre au cimetière Saint-Rambert, là où reposait Vincent. Pourtant, le sentant terriblement présent à l'intérieur de moi, quel besoin avais-je d'aller me recueillir sur sa tombe ?

Lorsque j'étais retourné sur celle de mon père, vingt ans après sa mort, j'avais cru à une formalité : déposer un bouquet de marguerites, penser à lui quelques instants et repartir comme j'étais venu. La chose se déroula différemment.

Submergé par une nostalgie indéfinie, mon corps se mit à trembler, secoué de spasmes je m'effondrai en larmes sur la tombe comme si soudain ressurgissaient sa voix, sa silhouette, les phrases que l'on avait négligé de se révéler. Tant de mots tus, nos querelles, mon arrogance envers le cheminot qu'il était face à un fils se croyant centre du monde puisque tout lui réussissait, les filles, les études… Je m'imaginais alors un avenir radieux dont je croyais mon père incapable d'être le complice. Ses rêves étaient plus étroits que les miens et, à quinze ans, ce différentiel des espérances nous plaçait dans deux camps que j'imaginais irréconciliables. Pourtant, il m'avait offert l'essentiel : l'amour dont mon être se trouva matelassé pour le restant de ma vie afin de ne pas succomber aux trivialités de l'existence. Dans le cimetière tout en hauteur, dominant notre ville, cette brutale remontée du fardeau de ma négligence envers lui m'anéantissait. La terre m'aspirait vers elle, m'engloutissait en elle, je gisais aux côtés de mon père dans un silence glacé. J'étais dans les bras d'un mort dont j'imaginais le corps encore chaud me prodiguant des caresses et son pardon.

Un canal longea l'autoroute.

Il y avait une éternité que je ne m'étais allongé, yeux clos, dans une herbe perlée de rosée sous les couleurs ocrées d'un automne naissant. Les brouillards de mes rêves étaient là : des prairies parées de tous les dégradés du vert, des taches mauves gisaient ici et là comme des oasis surnaturelles. M'apparut, au sommet d'une colline, un château fortifié avec des maisons de pierre pour l'encercler. Image féerique puisqu'une brume pâteuse s'étendait au-dessus des champs environnants pour atteindre, en flammèches, le vestige médiéval. Ces visions fugitives me grisaient de France, ce pays que j'étais en train de traverser du Nord au Sud et qui m'offrait sa diversité. Fernand Braudel proposait une lecture des régions françaises à travers la multiplicité de leurs toitures, tuiles canal, tuiles plates carrées ou plates écaillées, le bardeau, les ardoises fines, épaisses, la lauze de schiste ou de calcaire... Mais l'autoroute ne se prêtait guère à ce genre d'observation, les villages devenant invisibles à nos regards de voyageurs pressés.

17

Je ne m'habituais pas aux nouvelles contraintes de la navigation aérienne. Omniprésences policières, douanières, conséquences des menaces islamistes qui avaient ces quinze dernières années changé nos modes de vie, jusqu'à nos intimités. Nos libertés d'aller et venir s'étaient surchargées de dispositions éprouvantes : devoir de présence aux aéroports quatre-vingt-dix minutes avant chaque départ international, fouilles au corps, suspicion, attente aux portiques magnétiques de détection des métaux et, à présent, radiographie des corps dans des couloirs d'identification. Liste qui s'allongeait chaque année des produits et objets quotidiens interdits en cabine... En conséquence nous avions décidé, Léonie et moi, d'éviter les destinations exotiques, ne plus partir à la découverte de mondes éloignés, ce qui fut notre joie, notre plaisir, notre enrichissement. Évitement d'autant plus aisé qu'elle et moi avions visité nombre de pays au cours de nos vies et que nous étions sans nostalgie des lointains.

Alors, comme je le faisais à l'instant même,

nous visiterions les provinces françaises, les pays limitrophes, les cités où l'on peut se rendre en deux ou trois heures de TGV, Annecy, Londres, Bruxelles, Genève, Lyon, Bordeaux, Lille, Saint-Malo... L'Aquitaine pour Montaigne et Montesquieu, la co-existence des vignes et des vagues océanes ; la Bretagne pour le calvaire de Guimiliau et pour la celtitude suintant de chaque muret, de chaque isthme rocheux, de chaque maison granitée ; l'Alsace qui, malgré son obstination à voter à droite, nous était chère, avec Strasbourg et sa « Petite France » comme sa cathédrale de granit rose – couleur de la gauche – ; Nancy où je fus étudiant, pour sa Place Stanislas où se dresse la *Brasserie Jean Lamour* (du nom du ferronnier inspiré des grilles de ladite place) où, du haut de nos dix-huit ans, nous faisions les paons devant les pimbêches de la fac ; l'arrière-pays niçois avec vue sur la Méditerranée depuis un col de Vence enneigé ; la Picardie et les hortillonnages d'Amiens, sa cathédrale colorisée (comme elle le fut au Moyen Âge) par un nouvel artifice de projections laser ; le Limousin, vieille terre communiste, pays rebelle ; la Creuse, département le plus âgé de France avec ses tapisseries d'Aubusson, ses gentilhommières, son château de Boussac où séjournèrent Jeanne d'Arc et George Sand ; la Normandie, enfin, où un ami d'enfance, André, à qui j'avais appris, lorsque nous avions quinze ans, à jouer de la guitare basse, devenu notaire d'excellence, mettait à notre disposition, de temps à autre, son domaine aux limites d'un village, Tilleul-Dame-Agnès, un manoir cerné de forêts, de prairies où vivaient en totale liberté des cerfs, des chevreuils, des garennes et, en quasi-liberté, des chevaux auxquels j'aimais rendre visite pour le seul plaisir de sentir leur tête venir se poser avec majesté sur mon épaule. Leur parler, respirer les parfums de cuir et de poivre qui s'exhalaient de leur peau.

Une histoire et une géographie, des mers et des sommets, Matisse et Utrillo, *Le Bateau ivre* et *Les Mots*, bruyères et edelweiss, le schiste et les granites, l'air doux, le névé, les azurs, tant de contrastes et de raisons d'aimer un pays qui ne se lasse pas d'étonner.

Une longue forêt de chênes mêlés de hêtres se présenta qui s'étendait sur des kilomètres avant que je ne redescende le long de coteaux que des vignobles peuplaient. Sans nul doute, je venais d'arriver en Bourgogne. Vendanges terminées, les rangs de vigne étaient désertés, nul sarment, nulle grappe, les ceps noueux récemment taillés se dressaient, stériles pour une année de repos, au-dessus d'une terre brunâtre. J'avais toujours pris plaisir à regarder l'alignement impeccable des vignobles qui évoquaient en moi la sérénité – une harmonie française – comme la douce vie, celle du vin et de la quantité de saveurs proposée à ses thuriféraires. Ah le Meursault…

L'évocation de ce vin me ramenait immanquablement vers Léonie, nos soirées, nos discussions sans fin, les périmètres secrets de la femme qui hantait mon voyage :

Léonie est aux toilettes, haut et bas nus, la porte est ouverte. Assise sur la lunette de bakélite, sa culotte *Victoria's Secret* reléguée à la pliure des genoux, elle continue avec moi une conversation déjà commencée. Depuis un fauteuil en cuir rouge, je l'observe, nos regards et nos mots se croisent, je tiens un verre de Meursault à la main. Puis, réminiscences enfantines, vient subrepticement se mêler à notre babillement amoureux le doux chuintement d'un liquide, son urine projetée sur une céramique que je sais blanche, un clapotis. Bande originale d'un court métrage intimiste, se joue là, sous le projecteur pâlichon d'une ampoule de quarante watts, une mini-scène du quotidien des amants. L'instant délicieux survient lorsqu'elle arrache, tout en continuant de parler, une double feuille de papier d'un rouleau tournant autour d'un axe chromé et, toujours assise mais écartant légèrement les jambes, elle essuie délicatement entre ses cuisses son sexe mouillé. Enfin elle se lève, remonte juste au-dessous des hanches sa parure de chez *Victoria's Secret*, fait jaillir l'eau de la chasse, éteint la lumière, vient me retrouver et s'installe en vis-à-vis dans le second fauteuil de cuir rouge. Langage amoureux surgissant au jour le jour : une cérémonie de l'ordinaire venait de prendre fin.

J'adulais ces instants où Léonie partageait avec moi de l'intimité des femmes. La discussion ininterrompue poursuivait son cours. Je remplissais nos verres, nous trinquions comme si une séquence inédite de notre marivaudage pouvait à nouveau se produire. Parfois, tard dans la nuit, théâtralement, Léonie élevait la voix, s'énervait, battait l'air en faisant d'amples gestes, s'adressait à un tiers absent, le désignant de l'index avec fureur pour le prendre à partie, le tutoyait. Sa cible favorite, le président de la République dont la vulgarité, les mensonges et l'inculture l'exaspéraient : « Que connais-tu de la France, toi qui ne sais rien de sa littérature ? »

Aussitôt sortie de ses transes vengeresses, elle me regardait, reprenait ses esprits et, n'y tenant plus, nous éclations de rire.

Hors ses foudres présidentielles, et dans un tout autre registre, revenaient ses souffrances orphelines. Cette fois la voix, proche du murmure, se faisait douce et tremblante : « Je me suis sentie spoliée de l'amour d'origine et l'absence de ma mère provoqua chez moi un détestable sentiment, *l'envie*. Avant de la retrouver, j'enviais mes amies qui parlaient paisiblement de la leur qui, aimante, leur adressait des cadeaux à Noël, pour un anniversaire, une fête… Je les vénérais ces mères, et lorsque par bonheur je les rencontrais, je faisais tout pour me faire remarquer d'elles afin d'être choyée à mon tour… »

J'allumai mon téléphone, touche Léonie. À cette heure matinale, sans doute dormait-elle encore puisque je tombai sur sa boîte vocale. Je fus heureux d'entendre sa voix chaude et grave. Ayant peu parlé depuis mon réveil, je me raclai la gorge avant de délivrer mon message :

« *Je vais arriver à Beaune, écris-moi des mails, des SMS, dis-moi que tu existes, que tu es là à respirer dans notre ville. Je pense à toi… Je répands une brassée de baisers sur ta peau…* »

Comme un immense sourire qui viendrait de m'envahir, ces minuscules bouffées amoureuses à destination de Léonie me mirent d'excellente humeur. Y décoderait-elle l'amour qui jaillissait en moi à mesure que je m'éloignais ?

L'absolue contingence de la rencontre de juillet 89 avec une inconnue avait fini par prendre l'allure d'un destin. Même si, pendant notre longue séparation de dix années nous avions vécu chacun des histoires intenses et passionnées, il fallait se rendre à l'évidence : depuis maintenant vingt ans, je n'avais cessé d'aimer cette femme, depuis notre escapade de nobliaux – un comble ! –

Place de la Concorde, anciennement Place de la Révolution où une guillotine faisait définitivement taire les proscrits de la Terreur.

Ce soir-là, après l'émouvante *Marseillaise* de la Norman et sous le prétexte de se réchauffer, Léonie avait accepté un dîner. Puis, sans plus de prétexte, elle m'avait accompagné chez moi. « Si j'enlève mes chaussures, je reste. » Bientôt, dans un bruissement feutré, ses escarpins bleu nuit atterrirent sur ma moquette. Après un premier baiser, puis un second, elle interrompit brusquement les effusions, m'éloigna d'elle pour me confier, solennelle : « Avant-hier j'ai avorté ! » La vie secrète des femmes, les règles, les retards de règles, l'ovulation, la fécondation, les avortements, tout d'elles me faisait fondre. Rien pour m'éloigner, bien au contraire, cette nouvelle m'attendrit. Je ne trouvai qu'une phrase pour apaiser le trouble instant : « La mort vient de sortir de ton corps, laisse y rentrer la vie. »

Nuit tendre et délicate. Amoureux, nous allions vivre durant trois années une vie d'amants, incertaine et sensuelle, notre première histoire.

18

À Lyon, dans quelques heures, j'irais occuper une chambre au *Sofitel* de la Place Bellecour où j'avais plusieurs fois séjourné. Dans quel siècle déjà ? Lorsque je me produisais dans les salles des années soixante-dix remplies de milliers de jeunes gens sourcilleux, exigeants, sans pardon, n'acceptant aucune faiblesse poétique ou idéologique de ma part, mon parcours artistique et citoyen se devant d'être parfait. Je les aimais ces fervents rebelles pour qui la vie n'était pas une donnée d'évidence, n'ignorant pas qu'il leur faudrait s'insurger, crier et manifester afin qu'elle finisse par succomber à leurs infinis désirs... Bref, me libérant aux crépuscules de ce que les aubes nacrées m'offraient de désordre cérébral, c'est de là que j'écrirais, au cœur des ombres, certains épisodes revisités de ma vie.

Quel point absurde du monde cherche-t-on lorsque l'on s'enfuit de là où on est bien ? Un déséquilibre, une fragilité inexpérimentée, quelque fulgurance inédite ?

J'avais éprouvé un vertigineux sentiment d'insécurité lors de mon premier voyage aux États-Unis où, avec seulement cent dollars en poche, nulle carte de crédit, je m'apprêtais à traverser en auto-stop ce continent d'Est en Ouest. Avec le recul, je pensai qu'il m'avait fallu une bonne dose d'inconscience pour entreprendre un tel périple dans d'aussi misérables conditions.

C'est dans les voyages les plus hostiles que l'on mesure la part de chance que le monde veut bien nous accorder. La mienne commença dans l'avion lorsque Ken, un étudiant américain qui revenait d'un séjour à l'université de Montpellier, lut sur mon visage l'état d'anxiété, de fébrilité même, dans lequel je me trouvais alors. En effet, n'ayant nulle adresse en poche, je ne savais où dormir ce soir-là et m'imaginais au pied d'un building de l'avenue des Amériques ou dans Central Park emmitouflé dans mon sac de couchage, à la merci de tout : des rôdeurs, des policiers, des fous. C'est mon visage traversé par un beau souci qui attira sa compassion puisqu'il proposa de m'accueillir, le soir même, chez lui, dans le New Jersey, le *Garden State*.

Pour une première nuit américaine on ne pouvait rêver mieux. En fait de gratte-ciel, je me retrouvai dans une élégante maison de bois entourée d'arbres, d'un jardin où s'ébrouaient des écureuils noctambules et où scintillaient des *fireflies*, ces lucioles de mes séjours dans les

Maures qui ne cessaient, là-bas comme ici, d'enchanter les ténèbres. Mon sac à dos posé près d'un lit dans la chambre qui m'avait été octroyée, mon stress de l'avion avait disparu et je passai une partie de la nuit à fumer, à jouer de la guitare, à parler de la Californie où je voulais me rendre, à répondre aux questions de Ken des raisons d'un tel voyage, puisque lui, américain, n'y était jamais allé. Sans doute que pour moi le mythe californien était plus prégnant que le sien : une chanson de Julien Clerc, *Les Raisins de la colère*, Sunset Boulevard, Big Sur, *Les Anges vagabonds*, Hollywood, Lauren Bacall, tout m'attirait là-bas sans rien éprouver d'autre qu'un tropisme irrationnel.

Le lendemain matin « l'ami Américain » me fit débarquer, sans aucun sas préventif, directement au cœur de Manhattan, par le métro, au pied de l'immense *Gulf & Western Building*. Tant mon émotion fut grande, relevant la tête pour contempler une hauteur que je n'avais pu jusque-là qu'imaginer, mes jambes se dérobèrent – vertige –, la verticalité me bouleversait.

Ciel de juillet bleu limpide, je portais une chemisette en jean déchirée, une paire de *Clark's* aux pieds et m'apprêtais, la peur au ventre, à traverser ce pays de mes phantasmes. Vers midi, nous nous rendîmes au musée d'Art Moderne pour avaler quelques sandwiches et ne regarder qu'un unique tableau, le *Guernica* de Picasso qui allait reprendre, quelques années plus tard, la route d'une Espagne débarrassée de Francisco Franco. L'après-midi dans Central Park, nous écoutâmes un orchestre portoricain, *steel-band* et percussions, qui me fit songer à un concert donné au cœur d'une jungle cernée de buildings, ordinateurs géants qui, tel Big Brother, surveillaient les agissements de la cité. Plus tard encore, dans Harlem où mon ami m'avait entraîné visiter le musée indien et voir la *Winchester* de Geronimo, je pris pour la première fois conscience de ma *blanchitude*. Nous étions désespérément blancs et seuls, Ken et moi, au milieu de sombres visages qui nous lorgnaient d'une manière peu avenante.

À New York règnent les premières fois...

Il faudra bien que j'écrive un jour ma traversée lunaire des *States*, les chutes du Niagara vues du côté canadien et de nuit, Chicago et les rives du lac Michigan qui me firent songer à une plage méditerranéenne, la faille du Colorado, la Vallée de la mort et, pour finir, la Cité des anges. Douze jours de hasards, de solitude, de nuits à la belle étoile en bordure de *highways*, dans la résidence luxueuse d'un avocat de Chicago située au beau milieu d'un terrain de golf, Signac, Seurat, les Impressionistes du *Museum of Contemporary Art* de la ville, les halles de Detroit où je déchargeai toute une nuit les cageots de fruits et de légumes destinés à la communauté étudiante qui m'avait hébergé... Rien que de la vie accélérée, d'instantanés sacrés par la grâce de rencontres improbables, comme des visages, qu'il m'était donné de découvrir.

Dieu, que j'ai aimé me retrouver sans identité aux bretelles d'autoroute, sans passé, sans drapeau ni nationalité, à la merci des bonnes âmes qui voulaient bien s'arrêter pour prendre à leur bord un inconnu ! Cet inconnu sur la Terre qui venait de traverser leur paysage en levant le pouce, signe d'un besoin de sollicitude imminente. Sensations et vibrations décuplées, une manne pour les romans que je n'avais pas encore écrits, pour des chansons pas encore composées. Mon journal de route s'enrichissait à chaque instant de mots, de poèmes, de vertiges, j'avais le sentiment d'être un journaliste-éponge qui absorbait tout, s'imbibait de tout, incubant aussi bien les violences que l'hospitalité rencontrées, la lumière rasante du soleil couchant sur les strates du Colorado, l'Opéra construit dans une station-essence fantôme à la sortie de Las Vegas par un mari amoureux, dédié à sa femme danseuse, les allumés qui m'avaient pris en charge et tiraient au revolver sur les panneaux de signalisation, ma première nuit à Los Angeles sur Mulholland Drive, dans la somptueuse villa d'un producteur de cinéma, lorsqu'un couple de chevreuils sorti de l'obscurité vint s'alimenter des boutons de roses du jardin, et me réveilla.

Je n'avais emporté dans ma musette kaki aucun livre, celui-ci s'écrivait au jour le jour en en vivant moi-même les chapitres. Roman existentiel d'une randonnée où je me retrouvais seul dans un pays gigantesque, où ma trace infime de voyageur imprégnait éphémèrement le macadam des autoroutes. J'ai adulé cette période baroudeuse de ma vie qui avait commencé dans les caravansérails ottomans, sur les pistes afghanes, pour se terminer sous les palmiers de Sunset Boulevard. Du pays le plus pauvre à celui le plus riche, ma parenthèse auto-stoppeuse pouvait prendre fin ici, sur une colline hollywoodienne, j'avais emmagasiné assez de rations nomades pour résider enfin dans ma ville d'élection, Paris. Dire adieu à ma jeunesse et cesser alors d'être le vagabond inassouvi qui prenait le monde pour un livre : un roman luxuriant, ouvert à mes errances, à mes espérances.

19

J'avais traversé une partie de la Brie, puis le Morvan, dans la Bourgogne où je roulais en ce moment, le ciel était d'un gris mat, de sombres oiseaux, corneilles et corbeaux, planaient sous les nuages.

Dans la vie carcérale d'un conducteur sur autoroute, seules deux choses comptent : une vitesse constante et le bruit que font le vent, la vitesse et le moteur à l'intérieur de la carlingue, bourdonnement continu, acouphène à fréquence invariable permettant, une fois enfoui dans ce caisson sensoriel, de divaguer dans un rêve éveillé où les pieds d'éléphants se mêlent aux cous des girafes, les golems à des pattes arachnéennes géantes.

Afin de passer le temps je recensai les mots que j'aimais prononcer ou écrire pour leurs fragrances, gardénia, tubéreuse, ilang-ilang ; pour leurs sonorités, houppelande, chapka, pronunciamiento ; mais aussi éclisse et draisine, mots appartenant au vocabulaire ferroviaire de mon père ; pour les images d'infini que me suggéraient mélancolie, nirvana, ciel, comète, et encore le kraftwerkien : *autobahn*. Très prosaïquement j'essayais, tout en roulant, d'imaginer ce que pourrait être un prochain livre plus politique, plus social, parlant d'une planète et des turpitudes qui l'assaillent... En fait, je rêvais d'écrire un cosmo-roman qui s'intitulerait *Aujourd'hui* racontant une journée dans le monde, celle du 16 juin 2012, avec ses émois, ses cris, ses ferveurs.

Aujourd'hui. J'aimais ce mot depuis toujours, depuis longtemps, depuis que j'écrivais. Je l'envisageais comme une matrice poétique dans laquelle pourrait s'engouffrer tout ce qui ferait sens pour moi en un jour précis, les catastrophes lointaines comme des faits qui me seraient proches, ma mère a-t-elle joué seule au *Scrabble* aujourd'hui ? Plus éloignés, mais de première importance, les rêves de nuit du président Hu Jintao lui furent-ils précieux ? Me soucier encore de la hauteur de la couche nuageuse sur Paris, cumulus ou nimbus, la nature des poussières qui constituent l'air que je respire aux instants où j'écris, l'enneigement des cônes volcaniques du Kilimandjaro et du Fuji-Yama... Ce roman serait un pendule oscillant entre ma *salle de bain* et les avenues grouillantes des cités, me saisissant à la fois d'un stéthoscope et d'Internet, je décortiquerais les douleurs et les joies d'une journée ordinaire dans la vie d'une ville, d'une planète... Archéologues d'un jour, mes personnages circuleraient dans des centre-villes, au creux des forêts, redescendraient les fleuves et les torrents, arpenteurs de territoires ils seraient mes cartographes, sismographes des cœurs, des âmes et de la tectonique, ils rendraient compte des tressaillements du monde.

Aujourd'hui, ce serait la vie exubérante, les jungles, les déserts, la mer, les insectes et les oiseaux, les cristaux de roche, les étoiles filantes, la douleur muette des animaux, les pleurs et les retrouvailles dans un aéroport, les journaux intimes comme les correspondances de guerre, les chagrins de la défaite, la joie qu'il y a à se retrouver puissant de son destin. Prendre tout d'une planète et le malaxer à l'aune de ses phantasmes, agiter le shaker d'un globe terrestre et de ses habitants pour en faire surgir une matière romanesque de pharaon, se laisser imbiber par l'opulence et écrire alors une sorte de grand récit du monde.

20

J'arrivai finalement à Lyon en fin d'après-midi. J'avais fait l'école buissonnière. Un détour par Meursault, voulant savoir à quoi ressemblait ce village de France que célébrait, sans l'avoir jamais visité, le monde entier. Sans oublier que c'était le patronyme attribué par Camus à son *Étranger*. Pourquoi avait-il décidé de le nommer ainsi, je n'en avais jamais su la cause, pas même si le sublime vin y avait été pour quelque chose. En tout cas, l'approche du village fut tout un programme. Sorti à Beaune, je traversai une volée de clochers aux noms gouleyants : Gevrey-Chambertin, Pommard, Volnay, Meursault enfin. Ne voulant pas m'arrêter en aussi bon chemin, je poussai plus loin, alléché par la qualité de ce que la géographie locale proposait : Puligny-Montrachet, Chassagne-Montrachet, puis, gavé de ces grands noms, je revins sur mes pas pour me poser à Meursault. J'avais eu l'impression de visiter une cave *premier cru* à ciel ouvert.

Chaque coteau s'étendait, en pente douce face à un village, comme une parcelle sacrée dont j'imaginais les habitants, prolétaires ou propriétaires terriens, s'adjuger une grappe de la renommée. J'allai jusqu'à une petite église puis longeai deux hôtels dont j'inscrivis noms et téléphones sur mon carnet avec l'idée de revenir un jour accompagné de Léonie. Achetant une canette glacée de *Coca* dans une supérette, face à une mairie dont le toit était recouvert de tuiles vernissées, la vendeuse m'annonça fièrement que celle-ci avait servi de décor pour *La Grande Vadrouille*. Et pour quoi ? « Le siège de la Kommandantur ! »

À chacun de mes pas, j'espérais Léonie, la figeait dans un avenir brumeux, elle à mes côtés, l'ombre et la lune collées à nos nuits.

Je quittai Meursault pour me diriger vers le Sud avec l'intention de reprendre l'autoroute à Chalon.

Au milieu des vignobles, à la hauteur de ce que j'appris plus tard être *le triangle magique*, là où se côtoient les trois premiers crus de Meursault, Genevrières, Perrières et Charmes, j'aperçus sur le bord de la petite vicinale un homme qui, au vu de sa silhouette, me sembla plutôt âgé. Il portait un long manteau, un bonnet de tricot et un sac à dos d'étudiant. Arrivant à sa hauteur, au dernier moment il se retourna et, à ma surprise, leva le pouce. Un vieillard auto-stoppeur ! Je m'arrêtai net et revins rapidement en marche arrière jusqu'à lui. « Vous allez où ? – Chalon, répondit-il. – Montez ! » Il extirpa le maigre bagage de ses épaules et le posa sur ses genoux. Malgré les promesses que je m'étais faites en trimardant entre New York et Los Angeles, je ne prenais plus que rarement des gens faisant du stop, les conversations quasi obligées qui s'ensuivaient ne parvenant qu'à m'ennuyer. Ce jour-là, parler ne me dérangerait pas. Et puis ce vieil homme avait aiguisé ma curiosité : que faisait-il donc au bord d'une route à lever le pouce ? Je sus très vite qu'il avait manqué son train pour Chalon. « J'ai vendu ma dernière voiture il y a six mois et cette année je donne deux fois par semaine des cours de français à des étrangers. Bénévolement, bien sûr... » Il portait un parfum qui fit ressurgir un souvenir confus... Je cherchai quelques secondes, c'est cela, l'eau de Cologne que portait une de mes grand-mères. « Depuis que j'ai pris ma retraite, j'opte une année sur deux pour une activité que je n'ai jamais eu le loisir d'effectuer lorsque je travaillais. – Vous faisiez quoi ? – Pendant presque quarante ans j'ai été ingénieur agro-chimiste chez *Amora* à Dijon. L'année dernière j'ai réalisé un vieux rêve, faire à pied le tour de grands lacs de France, le lac d'Annecy, le lac Chambon en Auvergne, le lac de Saint-Cassien près de Grasse, les lacs de Gérardmer et de Retournemer dans les Vosges... Vous voyez, j'alterne don et satisfaction personnelle, qui d'ailleurs se confondent souvent. On se fait plaisir dans le don mais aussi dans la jouissance instantanée d'un vieux rêve exaucé. Reste l'empathie qui fait qu'en se prenant pour l'autre, on se donne du plaisir en recevant, par procuration, ce qu'on est en train de lui offrir. Savez-vous ce qu'a dit Barack Obama devant des étudiants ? "Je pense que nous devrions parler davantage de notre déficit d'empathie." Ça a une autre allure que "travailler plus pour gagner plus", vous ne trouvez pas ? » Intarissable, il me plaisait : « Cette année j'apprends notre langue à des Africains, à des Slaves, à des gens venus des Balkans et j'adore entendre un Serbe me déclamer, "*nous aurons des lits pleins d'odeurs légères, / Des divans profonds comme des tombeaux...*" L'année prochaine je redeviens égoïste, je me rends à Bayreuth, à Salzbourg, à la Scala de Milan, les lieux magiques où se produisent de célèbres opéras. Vous vous demandez comment je peux m'offrir cela ? Velours rouge à 21 heures, camping sous les étoiles à minuit : telles seront mes soirées estivales... J'ai toujours pensé qu'en vieillissant il fallait exaucer d'antiques désirs pour gommer le plus de regrets possibles avant de mourir, sans oublier d'où on vient en rendant aux plus démunis les bienfaits que l'on a reçus, de par un métier ou une fonction, toute sa vie. »

Nous roulions sur la N6 depuis Chagny. Le visage magnifique de mon compagnon de route ressemblait à ses paroles, il m'avait parlé sans presque jamais me regarder, comme s'il lisait un oracle inscrit dans le ciel.

– Vous allez où ? finit-il par me demander lorsqu'on entra dans Chalon.

– Je n'sais pas…

– Comment saurez-vous que vous êtes arrivé ?

Je plantai mon bonhomme devant l'ancienne Maison de la Culture de la ville, non sans lui avoir demandé son prénom : « Raymond, c'est horriblement démodé, non ? »

Au *Sofitel* de Lyon je m'installai dans une chambre fumeur qui donnait sur une voie express longeant le Rhône. Je ne remarquai l'isolation phonique parfaite qu'à l'instant où j'ouvris la fenêtre et qu'une bouffée de bruits de moteur m'assaillit comme une nuée de criquets hurleurs. Je refermai aussitôt et allumai un cigare. J'installai mon ordinateur et le raccordai à la prise téléphone. Bonne surprise, m'attendait un mail de Léonie :

« *Tu t'en es allé comme un voleur, sans me prévenir. Comment dois-je le prendre ? Veux-tu jouer absolument à me faire mal ? Suis-je une idiote incapable de comprendre que tu as besoin de solitude pour écrire ? Un écrivain doit écrire et je me suis résolue depuis longtemps à cette évidence. Mais cela tu peux le faire quand tu le souhaites, chez toi, j'en ai l'habitude et je ne m'immisce jamais à l'intérieur de ces périodes. Alors, pourquoi partir ? Je t'embrasse, Léonie.* »

Pourquoi partir, bonne question. À la réflexion, mise à part Justine, aucun désagrément majeur ne m'avait fait prendre hier soir ma voiture, mais le désir simple de me retrouver sur une autoroute comme du temps de mes années vagabondes, partir sans but, pour le goût inavoué de me fragiliser, redevenir un voyageur céleste.

L'écriture naît souvent de cette mince fracture entre pouvoir et fragilité. Le pouvoir des mots et l'extrême faiblesse qu'il y a à se manifester en eux. Les poètes s'imaginent être des dieux capables d'envoyer à l'univers des gammes de sensations qui tenteront d'émouvoir des inconnus alors que, dans le même temps, ils se sentent misérables de ne pas parvenir à conquérir les sommets de sensualité qu'ils s'imaginaient pouvoir atteindre. Vulnérables d'eux-mêmes et des mots, ils s'emploient à devenir les illusionnistes d'un monde opaque, tout de mystère, où ils se devinent les élus désignés à en dissiper les énigmes.

Mon *Ramon Allones*, cigare de Cuba, était tendre, cape claire, combustion lente.

Touche *rewind*, cérémonial oblige !

Je l'avais tout d'abord délicatement saisi dans sa boîte en bois, l'avais humé afin d'en repérer les fragrances tout autant sexuelles qu'agricoles, l'avais tenu entre le majeur et le pouce pour en évaluer le volume, le poids, la souplesse des feuilles de tabac puis, pressé de le tenir en bouche, j'avais à l'aide de ma guillotine argentée sectionné l'embout, l'avais humidifié de mes lèvres arrondies, avant d'exaucer mon vœu de l'allumer et d'en extraire une première bouffée.

Fatigué de m'être levé aux aurores, je m'affalai tout habillé sur le lit et m'essayai à formuler quelques jolis ronds de fumée destinés à mes seuls regards. J'hésitais encore entre un plateau-repas commandé au *room service*, ou ressortir pour aller m'encanailler dans la rue Mercière, là où s'alignent les Bouchons, fleurons de la gastronomie lyonnaise. Avais-je envie de foule ? Je ne rechignais jamais à me trouver seul au milieu d'inconnus, saisir quelques bribes de conversations, *Mickey a ouvert la porte de la cage et les lapins ont déguerpi*, imaginer ce qu'ils font, d'où ils viennent, quels désirs invisibles les animent alors qu'ils parlent civilement à une femme, à des amis, sans formuler le moindre mot sur ce qui les taraude en leur cœur, ces fardeaux qui parfois foudroient. À ce jeu de la divination, je puisais parfois une matière romanesque, d'autres fois rien. Je me laissais aller à refabriquer les phrases qui parvenaient jusqu'à moi pour échafauder des scénarios fantômes que j'oubliais aussitôt.

Je me délectais de l'éphémère, ces infimes choses qu'organisent les spectacles du monde pour nous sidérer un court instant : regards gênés saisis dans une promiscuité d'ascenseur, un homme ivre qui dit *maman* aux femmes qu'il croise, surprendre sur un trottoir un couple à cheveux blancs dont les mains viennent de se nouer, quelqu'un ayant le tic à tout moment de remonter ses lunettes, un furtif baiser d'ados dans un café, le lapsus d'une présentatrice télé qui prononce *string* en voulant parler de Sting, une goutte de vin qui vient souiller l'impeccable chemise d'un invité de marque… Ces minuscules accidents ressemblaient à des glissements de réalité sans conséquence, que l'on saisit pour soi seul, sans jamais éprouver le besoin d'en faire part à quiconque. Cette rapide divagation m'incita à sortir de ma chambre plutôt qu'à y rester enfermé où rien d'inédit ne pourrait survenir.

Bref, j'étais avide de séquences humaines impromptues.

21

Paré de mon éternel blouson de cuir et d'une écharpe noire, je m'engageai dans une large rue piétonne, passai devant une FNAC au fronton sculpté, et me dirigeai vers la rue Mercière qui, de mémoire, se trouvait à cinq minutes à peine de là. En revanche, je n'avais souvenir d'aucun estaminet en particulier et décidai de choisir au feeling celui dans lequel *a priori* je me sentirais au mieux : lumière pas trop vive, tables espacées, carte des vins acceptable. Les menus n'intervenant qu'en dernier lieu.

Bande-son d'une ville assoupie, bruits ouatés d'autobus, clapotis d'une fontaine, talons des passantes sur les dalles de béton.

Une fois arrivé dans ladite rue, j'effectuai un aller, côté pair, et un retour côté impair, puis m'en retournai reluquer par les fenêtres : *Le Saint-Joseph*, *Du bruit dans la cuisine*, et *Le Cyrano*, mon tiercé gagnant, pour finalement me décider pour un quatrième, *Le François Villon*, qui avait l'avantage sur les trois autres de m'interpeller poétiquement : *Où sont-ils vierges souveraines ? Mais où sont les neiges d'antan...*

Dîner de peu d'apparat accompagné de quelques verres de bourgogne blanc, le tout dans une ambiance cosy, chaleureuse et polie. Je réglai et m'en allai finir la soirée à l'*Eden Rock*, un bar repéré lors de ma pérégrination.

Musique électrique, jeunesse étudiante dégingandée, des effluves de marijuana flottant sur le trottoir, mon blouson ne détonnait en rien. Au-dessus du bar un alignement de bouteilles renversées sur des doseurs, à l'arrière, tout le long de l'alignement des alcools aux reflets mordorés, courait un tube de néon rouge qui donnait une irisation voluptueuse à l'endroit.

Je m'installai au bar et demandai à la jeune barmaid vêtue d'un jean et d'un T-shirt à bretelles si ici on savait faire le *mint julip* (bourbon, sirop de canne, glace pilée et feuilles de menthe), « une des boissons favorites de l'écrivain Jim Harrison », ajoutai-je. La maison savait faire. Après Villon, Harrison à présent, ma virée lyonnaise se déroulait sous des auspices poético-littéraires... J'eus droit à un sourire de la fille qui m'avoua ne pas connaître le romancier américain, mais précisa qu'elle aimait préparer des cocktails sortant de l'ordinaire. Saisissant l'occasion, je la branchai sur l'*acapulco*, un mélange que m'avait enseigné un barman du Lutetia. Je sortis un petit carnet de notes de ma poche arrière et, après l'avoir rapidement feuilleté, je retrouvai la formule et la lui dictai, « mezcal, jus de pamplemousse, liqueur de fraise et jus de banane. » Elle affirma, plus qu'elle ne demanda, « alors, ce sera le prochain... » Point de mire des consommateurs, elle se savait observée, chacun de ses gestes se trouvant disséqué. Parée d'un léger strabisme aussi foudroyant qu'attirant – une coquetterie – et d'une bouche absolue, aucun jeune cinéaste du coin ne l'aurait laissée à l'écart pour un premier film.

J'aimais son air enjoué, ravie d'être à cet instant à sa place, là et pas ailleurs, heureuse d'user d'un savoir-faire pour préparer ses cocktails à des inconnus. Alors qu'elle aurait pu régner sur une multitude de cinéphiles gloutons acceptant de se laisser dompter par une volupté provinciale, elle semblait hermétique à toute convoitise vulgaire. Je lui demandai comment elle s'appelait. Luna, dit-elle, apparemment fière de son prénom. Le *mint julip* enfin prêt, il fut posé devant moi sur un napperon de papier blanc.

Tout en sirotant mon breuvage de Caroline du Sud, j'écoutais distraitement une musique des années soixante et soixante-dix, Peter Gabriel enchaîné avec Genesis, puis un vieux titre des Them, *Gloria*, que j'avais joué sur la guitare électrique de mes quinze ans, époque bénie où les filles d'alors admiraient plus les musiciens que les footballeurs, guitaristes de préférence. Nous flirtions le soir à l'arrière des berlines, je découvrais doucement les corps offerts sans oser en faire d'autre usage que laisser vagabonder mes mains sur des peaux qui tremblaient.

En fait, ce soir, c'est de cela que j'avais envie : flirter avec une inconnue, rien de plus, comme à cette époque où les baisers étaient tout.

Alors que j'observais le visage de Luna, cheveux blonds coupés court, de petites oreilles collées comme deux broches, une peau d'opale presque transparente, je songeai à cette phrase de Levinas apprise par cœur tant la beauté nue m'avait impressionné : *Le visage est un lieu d'ouverture infini de l'éthique.* Je dois dire que si on m'avait demandé sur-le-champ une explication de texte, j'en aurais été bien incapable, comme de disserter sur un vers de García Lorca ou de Nazim Hikmet (qui a retrouvé sa nationalité turque en 2009). La poésie est intraduisible en d'autres mots que ceux dans lesquels elle fut ciselée. D'ailleurs, si la face lumineuse de Luna m'avait fait songer à ce bel haïku philosophique, c'est parce qu'il y avait là, dans le visage d'une jeune fille et dans la phrase d'un vieil homme, quelque chose d'irréductible à la compréhension. J'aime être confronté à ces choses qui me dépassent parce qu'elles m'intriguent dans le fait même d'apparaître auréolées d'énigmes si furtives que je ne peux me résoudre à vouloir les percer dans l'instant. Je laissai agir le mystère comme si une houppelande venait de me recouvrir, afin que le monde tamisé qui m'entourait conserve un temps encore ses secrets.

La salle enfumée (ici on fumait) voilait magiquement toute chose, les corps, les regards, un brouillard opportun qui autorisait les écarts comme les éclats, une brume des songes où il était permis à chaque rêve d'oser se rêver.

Je venais à peine de terminer le *mint julip* que déjà Luna agitait le shaker contenant les ingrédients de mon *acapulco*. Je cherchai un moyen élégant d'entrer en une relation plus confidentielle. Les sourires, la drague nonchalante, elle y était habituée. J'optai pour la poésie puisque avec Villon et Harisson celle-ci présidait aux errances de la soirée. Je ressortis mon carnet de notes, en déchirai une page afin de retranscrire les mots d'un graffiti au pochoir aperçu sur les murs vivants de Paris, et qui m'avait souvent servi de passerelle avec les femmes : *Quand on vous voit on vous aime, quand on vous aime où vous voit-on ?* Lorsque Luna me servit le deuxième cocktail, je lui donnai en échange mon billet qu'elle déplia aussitôt. Elle lut rapidement puis le glissa sans un mot, ni même un regard à mon endroit, dans sa poche de jean. Comme si de rien n'était, elle continua son travail. Je pensai que j'avais fait fausse route, que je m'étais fourvoyé et en conclus que je n'étais pas son genre. Trop vieux, trop maladroit, pas le style.

Pour tuer le temps et reprendre bonne contenance, j'aspirai à petites gorgées, au travers d'une paille, mon breuvage dans lequel flottaient en abondance des feuilles de menthe mêlées à de la glace pilée. Au cours d'une légère accalmie de service, Luna vint alors se planter face à moi, les avant-bras appuyés sur le comptoir, ses yeux dans les miens : « Je termine vers 1 heure… On peut me voir là où vous aimerez m'attendre. »

Jolie réponse. Plan de séduction inhabituel, sans doute inédit pour celle qui repartit aussitôt vers son étalage de bouteilles chamarrées. Je lorgnai ma montre, presque minuit. Rassuré, et sans avoir à m'inventer une nouvelle contenance, je continuai de siroter distraitement l'*acapulco* qu'elle avait parfaitement préparé.

J'avais souvent remarqué ces petites nuances qui transforment une gestuelle lorsque l'on est seul dans un endroit public. Il suffit de savoir que l'on va être rejoint par un ami ou une amoureuse pour qu'une attitude empesée de solitude se transforme aussitôt en une tranquille apparence. Ce que l'on prenait pour une punition est devenu, par la grâce d'une compagnie à venir, une espérance de mots et de peaux, invisible pour tous, mais qui vous fait apparaître en homme seul qui, en secret, ne l'est plus.

Je sirotai un second *mint julip*, la mixture finalement que je préférais par une aussi tendre nuit. Je demandai à un type, installé à côté de moi au comptoir, s'il connaissait un autre bar non loin de celui-ci. Il m'indiqua le *Mood Indigo*, « mais la musique est différente, c'est du jazz, vous aimez le jazz ? » Non je n'aimais pas spécialement, mais j'imaginai une ambiance feutrée, propice au flirt tamisé que je projetais.

Je réglai mes consommations. Sur un napperon, j'écrivis : *Mood Indigo, vous y verrai-je ?* Passant furtivement devant moi Luna lut le mot : « *Une promesse est une promesse !* » dit-elle. Je posai mon verre, quittai mon tabouret et m'en allai.

Je me trouvais à Lyon pour rendre visite à un ami mort et une fille vivante venait d'accepter mon rendez-vous.

22

Le flirt avec Luna avait été délicieux. Sa bouche fraîche comme une fontaine m'avait donné l'impression de me désaltérer à ses pensées. Ses petits seins que j'effleurerai distraitement au cours de nos baisers me firent croire à deux mandarines de l'hiver. Elle m'apprit qu'elle faisait partie d'une troupe théâtrale et que, chaque après-midi, elle répétait le rôle de la jeune Hilde dans *Solness le constructeur*, une pièce d'Ibsen que, je dus bien avouer, j'ignorais totalement.

Je raccompagnai Luna chez elle en taxi et nous nous quittâmes sur la promesse d'un autre rendez-vous. Pour le lendemain soir. À l'*Eden Rock* d'abord, au *Mood Indigo* ensuite.

Rien de Léonie, j'avais ce soir un mail de Justine :

« *Je prendrai ce que tu voudras bien me donner. Et je prendrai tout. Comme une enfant gâtée jamais satisfaite, j'en redemanderai encore. Encore et encore sans me sentir jamais rassasiée de toi.*

Affamée, je réclamerai des mots, des caresses, des rêves trop grands, d'autres plus étroits, des baisers d'enfer et de paradis, des voyages virtuels et des vrais, avec des gares et des adieux. Mille baisers, mille caresses. Justine. »

Sans nous être jamais vus auparavant, nous avions échangé un premier baiser sur le quai d'une gare. D'où cette phraséologie ferroviaire récurrente *avec des gares et des adieux* qui revenait lors de nos échanges intermittents.

Six mois auparavant, Justine et moi nous étions rencontrés sur le Net, elle écrivait comme une princesse des lettres, un style, elle m'envoya un début de roman qui me subjugua. Nul visage, aucun portrait, nous tombâmes amoureux de nos phrases : une idylle de scribes. Restait la friction des corps que nous redoutions. Alchimie poétique et sensuelle, elle fut une réussite aussi inattendue qu'inespérée. « Nous avions une chance sur mille », dit-elle, et nous aimions ressasser à l'infini cette mise à nu de deux êtres qui ne se connaissaient que par des mots et qui prirent le risque que s'affronte, à l'aveugle, le mystère des peaux.

En guise de réponse, et pour ne pas avoir à m'attarder sur l'état actuel de mes sentiments à son égard, j'évoquai avec emphase ce passé romanesque qui ne pouvait que la rassurer :

« *Justine, on s'étonnera encore longtemps que nos corps aient parlé aussi bien que nos mots. Je pourrais évoquer à satiété cette nuit qui nous embrasa dans le périmètre parfait d'une chambre d'hôtel que nous avions peuplée de nos réalités, ces réalités qui faisaient si peur tant les phantasmes étaient grands. Et nous avons gagné sur toute la ligne, sur l'imaginaire et sur les corps, sur le rêve et le plaisir, sur l'écrire et le jouir…* »

Contrairement à la veille dans la chambre du motel, je disposais d'un bureau, qui plus est donnant sur un fleuve, le Rhône, qui chatoyait, parcelles étincelantes, sous les lumières des réverbères. Pourquoi était-ce celui des fleuves de France que je préférais ? Sans doute parce qu'il se jetait en Méditerranée lors d'un delta volubile où séjournaient non seulement des groupes de taurillons, des chevaux de Camargue, mais encore des nuées de flamants roses.

Pareil à un peintre de l'effroi qui ne peindrait que le vertige du mal et non les visages ou le corps des souffrants, j'avais besoin d'écrire plus sur le parfum des choses que sur les choses elles-mêmes, plus sur les images que sur les situations, plus sur l'exaltation de vivre que sur les chausse-trapes de l'existence.

23

Un vent glacé me traversa lorsque je débarquai au cimetière Saint-Rambert où se trouvait enterré Vincent. Pour lui, j'avais acheté des roses amarante et déposai le bouquet cellophané au plus près de la photographie de mon ami, incrustée dans une céramique déjà fendillée. Je n'avais pas de prière particulière à lui murmurer, de celles que l'on apprend au temps des catéchismes, j'avais envie d'un long poème improvisé qui parlerait de nous quand lui et moi nous sentions invincibles. Une myriade de pensées surgirent pêle-mêle : lui, impertinent pendant les cours de français, imposant en physique-chimie, dilettante en histoire, incollable sur le Canada tant le roman de *Maria Chapdelaine* l'avait captivé, mais surtout le panache avec lequel il prenait possession d'un jeu, d'un langage, d'un humour. C'est lui qui, à quinze ans, fut l'instigateur des musiques que nous écoutions, des poètes que nous lisions. Il déclamait aussi bien Ronsard que Verlaine, chantait avec sa guitare les Stones et McCartney, psalmodiait le *Desdichado* de

Nerval, nous initia aux *Chants de Maldoror…* Vincent voulait devenir astrophysicien, se confier aux astres, aux galaxies et pouvoir vérifier un jour l'effet Doppler, ce poudroiement de traînées rouges que laissent derrière elles les étoiles, s'éloignant irrémédiablement dans l'hiver cosmique.

De fait, orphelin de père, il dut travailler au plus tôt et gagner de quoi élever ses frères et sœurs plus jeunes. Après avoir passé son brevet, Vincent, à quinze ans, devint installateur téléphonique pour la grande industrie ! Adieu nos années-lumière et les nuages galactiques ! Comment se remet-on d'un tel gâchis ? Après Bechet il s'enticha de Lester Young et apprit à jouer du sax ténor, comme lui, aérien, sans vibrato dans le souffle. Plus tard, il se révéla maître en jeu de go, publia trois livres de poésie, devint chroniqueur pour la revue *Astres et Cosmos*, s'adonna quelque temps à l'art martial du tir à l'arc, *à l'instant de tirer, la flèche et la cible n'existent plus, seule compte la politesse avec l'arc.* À Marseille je fus le témoin de son mariage avec une tigresse sépharade de laquelle il divorça deux ans plus tard. Il ne se remaria jamais. Pour finir, il s'engagea dans une organisation humanitaire en ex-Yougoslavie qui le vit sillonner le Montenegro, le Kosovo et pour finir, l'Albanie d'où il ramena sa dernière amoureuse qui s'enfuit de lui quelques mois avant son suicide.

Mais que chantent, que disent, qu'écoutent les morts ? Restent-ils là où leur dépouille repose, ou errent-ils dans l'univers, libres, en apesanteur de toute sentimentalité ? Pourtant j'avais conscience que mon ami résiderait à jamais en moi, incrusté dans ma mémoire, qu'il demeurait le considérable témoin de nos premières amours, de nos lumineuses utopies, le temps béni des rêves plus grands que le monde... Que te dire Vincent que nous n'ayons jamais évoqué, toi le prince de ma jeunesse, mon modèle, l'indispensable ami qui séduisait, aussi bien par d'impressionnants silences que par un verbe de tribun, tant tu maniais notre langue en expert des mots, ceux qui nous faisaient traverser les miroirs, comme les sentiments éperdus de nos cœurs. Je t'admirais et rêvais de t'égaler en tout, en humour, en superbe... Je voulais rester dans ton sillage, que jamais la vie ne ternisse nos regards et ne nous sépare. Un temps, même, je songeai que nous pourrions former un couple pour toujours, être à nous seuls une manufacture poétique, capable d'envoyer aux autres des messages lumineux qui traverseraient les corps pour inoculer de la beauté. Alors pourquoi ce suicide ? Tu m'avais dit, « j'ai perdu le monde »... Mais c'est le monde qui t'a perdu. Le suicide de l'un des siens est un échec pour l'humanité entière. Pour moi surtout qui t'ai aimé plus et mieux qu'un frère... À présent, j'en viens à ton irréparable mal : tu n'étais pas beau et tu en parlais en riant comme d'une farce incongrue que t'avait offerte la génétique. Mais tu le sais, l'humour est la face flamboyante du tragique... Est-ce cette insolence congénitale, l'inconsolable fardeau qu'il y a à porter une figure que tout désavoue, qui t'a conduit à te considérer, grandissant, en orphelin du monde, à te désolidariser de la beauté, cette apparence donnée à la naissance et qui favorise, en tout, ceux qui en sont les insolents bénéficiaires ? La disgrâce physique est une inégalité flagrante, mais là n'est jamais l'essentiel, tu l'as toujours su et je suis passé outre puisque, je viens de te le dire, tu fus mon modèle, mon frère, mon incomparable dandy jouant des mots comme de la roulette russe. Insolent pirate, je t'ai vu y jouer au moins trois fois en ma présence, m'implorant à t'imiter, alors que je m'y refusais !

J'eus l'idée de changer de place mon bouquet pour le poser en évidence en plein centre de la tombe, sous la stèle de granit où le patronyme de Vincent était gravé en lettres dorées dans la pierre, ainsi que ses dates de naissance et de décès. Je pensai que la vie des humains, dans les cimetières comme sur les fiches d'état civil, se résumait à peu de chose : une naissance et une mort. Aucune fioriture ni digression sur les états d'âme, les amours, les chagrins... Deux dates, un énoncé, et l'affaire de toute une vie est entendue ! Fi des détours, des bifurcations inattendues, des élans, des défaites, tout ce qui biographie un être avec un cœur qui bat à tout rompre lorsqu'il a peur ou qu'il est amoureux. Souvent Vincent tomba douloureusement en amour et fut rarement payé de retour. Là, comme toujours, son humour décapant nous distrayait de ses multiples échecs et il aimait à proclamer que « les corps ne sont que de dérisoires accessoires de l'âme ». « Le pardon est la plus belle des audaces », proférait-il encore, comme si là était l'absolution définitive qu'il décernait à la tare ontologique de sa disgrâce physique.

Je me sentais misérable de n'avoir pas prononcé une élégie plus ample, poétique et universelle, puisque je n'étais parvenu qu'à exposer un bilan vaguement factuel de notre séjour commun sur Terre. Je m'en voulais de mon prosaïsme envers celui qui fut le météore de nos jeunes années. Il en est ainsi de certaines personnes qui, sans avoir déjà vingt ans, furent de lumineux repères pour se diluer quelques années plus tard dans les vicissitudes d'un quotidien désarmant. Vaincus d'être déjà vieux avant de revêtir leur uniforme d'adulte, ils implosent, sans éclat, pareils aux étoiles mortes qui disparaissent soudainement aux regards des astronomes.

J'en restai là avec, en tête, le visage terriblement vivant de Vincent. Ses rires insolents, deux minuscules ridules sur le front, entre les yeux, comme un souci arrivé trop tôt face à un monde rebelle qui ne parviendrait jamais à le combler de ses bienfaits. J'hésitais à partir, à le laisser seul dans cette résidence frigorifiée des morts.

Finalement, je m'éloignai à pas lents avec la mauvaise conscience fichée au corps de l'abandonner une fois encore.

24

Déjà je m'étais enfui de lui.

Au beau milieu des sixties, c'est moi qui le premier avais quitté notre territoire d'Indiens, là où nous échafaudions Vincent, François et moi – lanceurs de fusées aguerris – notre conquête du monde. Conquête dépourvue d'artillerie et d'infanterie, certains de la puissance des seuls mots, de leur ciselé capable de dézinguer la noirceur ambiante et les torpeurs qui nous fracassaient.

Très tôt, j'avais été convaincu que l'air vicié d'une capitale conviendrait à ma silhouette, qu'elle mettrait à jour mes espérances et m'instruirait du monde comme des hommes. Puisque là se croisaient indifféremment des mendiants, des artistes, de fragiles prostituées et des grands manitous – tous citoyens –, leur tumulte allait me nourrir et viendrait m'inséminer de leur diversité. Alors, je m'épanouirais dans la cohue et le gaz d'échappement, à la croisée d'infinies rencontres, pour parvenir à l'apogée de l'homme que je mijotais de devenir. Aurais-je du talent, aurais-je de la chance ? Peu m'importait, je n'envisageais que de devenir un homme de qualité.

Le virus démocratique ancré en moi, j'allais user des bienfaits que m'avait concoctés la région du monde où j'avais cru bon de naître, la France, pour parvenir à mes fins. La multitude des opportunités allait jouer le rôle d'une table de black-jack, je jouerais, gagnerais, perdrais, rejouerais et me plierais à la loi des grands nombres. L'infinité des chances m'offrirait ma chance.

Je fis une entrée discrète à Paris par la gare de l'Est, celle des convois de Déportés. J'ai vingt ans, pensai-je, mon père vient de mourir et rien ne peut m'interdire de songer à ce que l'existence me réserve. Alors, je chuchotai – ou alors le pensai-je très fort – aux quais, à la grande verrière, aux cafétérias, à la cohorte des voyageurs, un impeccable et balzacien : *À nous deux Paris !* Derrière mon écharpe de tricot, je ne pus m'empêcher de grimacer au dérisoire défi que magiquement je m'étais lancé. Mon père venait de mourir et je crânais. J'arpentai le boulevard de Strasbourg en quête de ma première rame de métro. Détruite par le deuil d'un père, mon adolescence se terminait en agonisant avec lui. Abasourdi par cette irruption délirante, tétanisé par l'ampleur d'un évènement impossible à concevoir avant qu'il ne se fût produit, je me trouvais sur le sol d'une capitale prêt à en découdre avec elle, dispensé, le croyais-je, d'un souvenir glacé qui pourtant me fracassait.

Habillé d'un jean, d'une marinière et d'une parka, portant à l'épaule une guitare et un sac de sport que remplissaient des livres et quelques vêtements, je revêtais l'uniforme du voyageur lambda, quidam chez les quidams, l'inconnu croisé dont personne ne se souviendrait et qui pourtant, l'estomac noué, se jurait d'entrer un jour à l'intérieur de leurs têtes lasses.

Tout à leur indifférence, je les chérissais, persuadé, comme une évidence, qu'un jour ils seraient mes alliés.

Qui étais-je à ce moment précis de ma vie ? Quels sons, quelles images, quelles strophes habitaient ma tête ? De quelles pluies et de quels orages ma peau ruisselait-elle ? De quels phantasmes, de quels regards sur le corps des femmes se constituaient mes désirs ? Quelles valeurs m'animaient et pourquoi me retrouvais-je à Paris et non à Nancy où j'avais commencé une licence de lettres ? Quels écrivains et poètes portais-je aux nues ? Qui m'intimidait, qui me fascinait, quels épisodes de l'actualité me touchaient ou m'indifféraient ? En apesanteur dans un monde foisonnant, insouciant des vaines querelles parisiennes, j'adulai tout autant Sartre que Camus, empilais en moi, brique après brique, mes préférences qui allaient de Dylan à Lautréamont, de Gainsbourg à Lorca, de Jack

London à Stendhal. Indifféremment j'écoutais *Money jungle* de Duke Ellington et *The House of the rising sun* des Animals, jouais *Take five* de Dave Brubeck sur ma guitare électrique quatre micros, vibrais à *La Mélodie hongroise* de Schubert et hésitais encore à placer à la cime de mon panthéon ou *Le Mépris* de Godard ou le *Huit et demi* de Fellini.

Je tâtonnais, picorais, extirpais de chaque paysage rencontré les couleurs qui m'allaient droit au cœur, sans me demander si mes choix étaient justes, puisque c'étaient bien ces apothéoses qui bleuissaient ma vie.

25

Pétri du visage tout de disgrâce de Vincent, je m'éloignai du cimetière pour me rendre, au plus vite, au musée des Beaux-Arts de la ville. Mon objectif ? Contempler de plus près la *Lucrèce* peinte par Guido Cagnacci.

Nue, Lucrèce ferme son regard et tient un long poignard effilé pointé sous son sein droit, elle va se donner la mort. Abusée par Sextus Tarquinius, le fils du roi de Rome, elle ne peut supporter le déshonneur et abdique, s'abandonnant de vivre. Au travers de sa peau diaphane, le sang palpite, une blessure invisible sourd derrière ses yeux baissés.

Aperçue pour la première fois sur la couverture cartonnée d'un livre d'art qui répertoriait les musées de France, je fus bouleversé par le ténébreux visage tout de détermination qui allait perdre la vie. Dans ce musée lyonnais, autour du tableau de Lucrèce, étaient présents un *Nu aux bas rouges* de Picasso, des Manet, même un Bacon, et un superbe Matisse, *Modèle allongé en robe blanche*. Mais c'est vers la jeune fille offensée que me ramenaient obsessionnellement mes pas.

Je restai un long moment auprès d'elle comme au chevet d'une amante à la dérive.

Aux alentours de 23 heures, je me retrouvai accoudé au bar de l'*Eden Rock*.

Luna officiait là comme la veille.

Je la regardai avec cette attention particulière, ignorée des clients du soir, d'avoir déjà serré dans mes bras cette fille de leur convoitise. Regard complice lorsqu'elle me remarqua dans son périmètre, je commandai un *mint julip*. Cette connivence entre nous d'un cocktail inhabituel la fit sourire, elle me tourna le dos et se concentra sur les ingrédients de la boisson demandée. Elle avait troqué son jean de la veille pour une courte jupe fleurie qui virevoltait autour d'un collant de coton noir, elle portait des chaussures à petits talons. M'affichait-elle ainsi son appel pour une rencontre plus sensuelle ? À moins que son patron ne lui ait demandé d'alterner pantalons et tenues féminines pour satisfaire les yeux d'une clientèle avide. Toujours est-il que mon regard se fixa sur ses jambes que je n'avais encore pas eu le loisir de contempler. Ni parfaites ni disharmonieuses, les jambes d'une jeune femme dont le seul spectacle porte au désir puéril et irraisonné de pouvoir les effleurer. Les hommes adorent les parcelles de corps, lèvres, yeux, jambes, seins, fesses, pieds, chevelure, comme un puzzle érotique dont ils rêvent d'assembler chaque élément pour les étreindre, un jour de grâce inouïe, dans un unique élan.

Contrairement à la veille, je ne lui fis parvenir aucun message. Sans qu'elle ne puisse le deviner, j'avais fixé mon attention du soir sur ses jambes, m'imaginant les caresser un jour, un soir, ou jamais. Mais sans doute étais-je naïf et qu'elle n'ignorait rien de tout cela, qu'elle savait pertinemment que les regards de l'assemblée du soir resteraient ancrés sur cette partie de son corps et que leurs yeux s'y brûleraient comme des papillons fous autour d'un lampadaire urbain. Je ne voulais rien lui imposer et lorsque je payai mes deux cocktails, je lui dis simplement que je partais pour le *Mood Indigo*. Viendrait-elle m'y retrouver ? Je n'étais sûr de rien. Si elle venait me rejoindre, c'était bien, si elle ne venait pas, c'était égal. Nulle indifférence à sa personne, plutôt une acceptation fataliste de ce qu'allait m'offrir l'existence. Que celle-ci se pare ou pas de Luna ne bouleverserait rien de fondamental.

Dans la rue Mercière, je croisai des couples sortant des restaurants, des bars. Des noctambules venus badiner au son des fourchettes et du cliquetis des verres d'un cristal de pacotille, rassurés du douillet brouhaha d'une foule anonyme. Que s'étaient-ils promis ? Ils espéraient une peau à frôler, des parfums où se perdre, ou n'espéraient rien : s'endormir fourbus avant que ne reprenne au matin l'infatigable tourbillon de la vie.

Lorsque j'entrai au *Mood Indigo*, se diffusait un disque réunissant Gerry Mulligan et Astor Piazzolla. Jazz et tango, New York et Buenos Aires, sax baryton et bandonéon, la musique se moquait des frontières comme des continents. Clientèle plus âgée qu'à l'*Eden Rock*, en majorité des hommes, mais aussi quelques couples éparpillés. D'anciennes affiches de cinéma collées au mur (*À bout de souffle* de Godard, *Lola* de Demy, *Niagara* d'Hathaway avec une Marilyn en robe rouge...), une foule de bouteilles d'alcool aux étiquettes flashies s'exhibaient comme les trophées d'un safari urbain. Solitaire, je m'installai au bar et demandai si la vodka du lieu sortait d'un freezer. Sirupeuse, sinon rien. Devant le geste d'évidence du barman, je commandai une *Wyborowa* nature. Un type assis juste à côté, légèrement éméché, voulut me brancher : « Je déteste le jazz, je déteste l'alcool, sauf, sauf, un certain whisky irlandais, le *Dalwhinnie*, quinze ans d'âge, ça se boit comme, comme, tenez, de la camomille ! » Il but une lampée et continua : « Dans tout Lyon, il n'y a que le *Mood Indigo* pour servir ce nectar des princes... Vous voulez essayer ? » Il me tendit son verre que je refusai. Je n'avais aucune envie de goûter ni de discuter.

Pour tout dire je songeais à Luna, à son éventuelle venue. Êtres versatiles, désirs fragiles, je me demandai si en vingt-quatre heures sa curiosité de la veille pouvait déjà avoir disparu. En vérité, je ne me sentais pas très fier d'attendre une jeune femme alors que, quelque part dans Paris, celle que j'aimais respirait avec une pierre sur le cœur. Mais j'avais à peine commencé ma vodka que Luna fit son entrée. Venue droit vers moi, elle dit sans préambule : « Je n'ai pas envie de rester. C'est où chez toi ? » Je lui indiquai mon hôtel. « Partons, j'ai envie de tes bras, là maintenant… »

Dans la rue, le crachin.

Arrivée dans la chambre, elle se déshabilla, « vite une douche, la fumée, les poignées de main, les regards, je suis sale de partout… Tu as une douche fermée ? » J'acquiesçai. « Alors, viens me laver avec douceur ! » ajouta-t-elle aussi enjouée que ravie. Je m'exécutai et sous des jets brûlants giclant de toutes parts, méthodiquement je savonnai son maigre corps.

Je n'y prenais qu'un vague plaisir, Léonie venait de faire irruption dans mes pensées, elle me submergea.

Léonie : Je te submerge et tu prends une douche en compagnie d'une inconnue. Elle a quel âge ?

Moi : Vingt-cinq, vingt-six ans, je ne sais pas.
Léonie : Tu l'as rencontrée où ?
Moi : Hier soir dans un bar.
Léonie : À Paris tu ne fréquentes jamais les bars de nuit. Tu dis que tu as horreur de ces gens qui se rassemblent là, ne se souciant que de leurs lignes de coke, du cul des filles et à quelle heure de la nuit ils vont pouvoir en rapter une.
Moi : Je voulais me sentir hors du monde, sans souci et vivant.
Léonie : Vivant parce qu'une jeunette t'avait remarqué et que ton ego de coq se trouvait rassuré.
Moi : Je n'ai pas eu à insister, je lui ai fait mon antique numéro : *Quand on vous voit on vous aime...*
Léonie : *... quand on vous aime, où vous voit-on ?* Oui je connais... N'est-ce pas toi qui as écrit un jour que le sexe sans amour était vain, et que les jouissances ne laissaient aucune trace d'importance dans nos mémoires ? Alors, séduis avec des romans, avec des chansons, je t'en prie, séduis avec ton cœur intelligent, c'est cela qui valorise et non que l'on te voie rentrer dans ta chambre d'hôtel avec une jeune femme qui pourrait être ta petite-fille.
Moi : Tu es jalouse d'un flirt ?
Léonie : Des bouches qui s'unissent, c'est symboliquement aussi voluptueux que faire l'amour, je ne vois pas de différence, ce sont deux personnes qui s'offrent leur intimité...

Moi : Hier soir je l'avoue, j'ai eu envie d'elle et c'était, comme à chaque première fois, délicieux de nouveauté. Ce soir, je n'étais déjà plus... disons, dans les mêmes dispositions.

Léonie : Tu craignais la panne ? Avoue que devant une petite amoureuse séduite par un bel écrivain, ça la foutrait mal...

Moi : Elle ne sait même pas que je suis romancier.

Léonie : Donc, pour toi, tout va bien...

Moi : Excuse-moi, mais je ne me sens pas très à l'aise sous cette douche, alors que c'est à toi que je pense.

Léonie : Tu penses à moi en savonnant le corps d'une inconnue... Tu me fais mourir !

Luna avait-elle subodoré mon malaise, retirant mes mains de sa peau, elle décréta, « pas ce soir ! » Je n'en fus en rien contrarié, soulagé même, et jugeai que les filles, comme si elles pressentaient la fêlure d'un instant, faisaient souvent le meilleur choix.

Aussitôt sortie de la douche, euphorique, elle alla dénicher son portable dans son sac : « Je veux faire une photo de nous, maintenant, dans le miroir. » D'un revers de main, elle essuya la buée. Clic, sans clac, on regarda le cliché, on avait l'air de deux rescapés d'un typhon. Elle en fit d'autres : on se regarde, on tire la langue, on ferme les yeux, on rit aux éclats...

Séchée dans l'une des grandes serviettes brodées au sigle de l'hôtel, elle s'enveloppa comme savent le faire élégamment les femmes, au-dessus de la poitrine et, une fois revenus sur le lit *king size* de la chambre, elle demanda une cigarette. Je répondis, cigare. – C'est fort, non ? – Plus le calibre est gros, plus ils sont doux, tu veux essayer ? – C'est la première fois… J'eus l'impression de vouloir lui imposer un rail de cocaïne. J'allumai un de mes *Ramon Allones*, tirai quelques bouffées afin de le rendre incandescent et le lui tendis. Surprise par la douceur annoncée de la fumée, un *a priori* venait de se dissiper. Elle me rendit le cigare, parla de son père disparu, de ses deux jeunes frères. « Maintenant, je voudrais te dire, avant que je ne m'écroule sur l'oreiller, un passage de Hilde, mon personnage dans la pièce d'Ibsen. – Tu veux devenir comédienne ? – Non. Seulement faire plaisir aux gens… » Elle prit une respiration, me fixa, puis se lança : « *Vous avez dit que quand je serais grande, je serais votre princesse. Oui, vous l'avez dit. Et quand j'ai demandé combien de temps il faudrait que j'attende, vous avez dit que dans dix ans, vous reviendriez et que vous m'emporteriez loin… Jusqu'en Espagne ou plus loin encore. Et que là, vous m'achèteriez un royaume… Tout ça, vous me l'avez dit…* »

J'allais battre des mains, applaudir, la remercier pour avoir su donner un ton aussi pertinent à la jeune utopiste qui se sentait flouée par un homme aux promesses inconséquentes, quand je vis ses paupières vaciller, la regardai s'amollir puis tomber dans un sommeil épais. Je souris en pensant que c'étaient souvent les garçons qui s'abandonnaient ainsi, sans prévenir, comme des bestiaux repus. La petite barmaid avait répété sa pièce tout un après-midi, officié le soir dans un brouhaha astreignant, sans doute était-elle rompue de fatigue.

Moi, je me sentais en totale légèreté et songeai à mes écritures.

Depuis l'ère révolue des *Underwood* portatives faisant leur bruit de marteaux-piqueurs, j'avais pris un plaisir extrême à frapper des claviers devenus atones, aux côtés de mes amantes assoupies. Sans doute cela m'inspirait-il de côtoyer une belle alanguie, comme si son corps apaisé me racontait une histoire. J'inventais et imaginais des morceaux d'existence qui n'étaient pas les miens. Le corps muet de la jeune femme était à nouveau celui d'une inconnue rencontrée la veille, un être du monde devenu étranger.

Je me pris à contempler son visage impassible, un visage, une mappemonde de l'au-delà.

Luna partit au petit matin. Sans me réveiller. Elle laissa ces mots sur le bloc-notes posé sur une des tables de nuit : « *Si tu m'aimes encore, tu me verras, un jour peut-être, ici à Lyon. Je ne t'attends pas mais je penserai à toi. Baisers tendres. Luna.* »

Mon séjour lyonnais pouvait prendre fin. Vincent et Luna. Entre les deux, une bouffée de sentiments diffus, j'avais retrouvé l'un et rencontré l'autre, les avais aimés chacun – passé dilué, intense présent –, qui saura jamais en arrivant dans une ville si c'est la vie ou la mort qu'on est venu y chercher ?

26

Qui sait, en arrivant dans un pays, si c'est une fatigue généralisée ou le vertueux courage que l'on va y trouver ? Question : qu'est-il arrivé aux glorieux peuples de France pour qu'ils soient devenus aussi frileux, défenseurs de territoires et de terroirs, arc-boutés sur la notion vague et fluctuante d'identité, repliés sur un passé somptueux, comme si les jours meilleurs étaient définitivement ceux d'hier ?

Certains soirs, le pays sent le renfermé, cette même odeur que l'on perçoit, plus qu'on ne la respire, dans les appartements de vieillards, auprès des corps de ceux qui vont mourir : odeur maligne des abdications, le parfum résigné du confinement. Les objets, les visages, les mots, tout se présente dans son implacable insignifiance, sans l'extraordinaire pulsion animale qui viendrait améliorer l'ordinaire de jours fastidieux. Sentiment d'asphyxie à tous les étages, effet de serre inhibant qui se propage dans les organismes pareil à une légionelle sournoise. Ça chuchote derrière les grilles du confessionnal national avec cet esprit de fatalité au creux des âmes, *les âmes grises*, lors de ces instants où le mal fait mal, où la grisaille remplace la vaillance : l'orgueil de vivre.

Chacun le sait, dans les rues de France on se parle peu, ou à mi-voix, idem dans les supermarchés, les queues de cinéma, les cafés, alors chacun sort sa petite monnaie de vocabulaire poli, comment ça va, il fait doux pour la saison, rien de profond ne s'énonce qui viendrait bousculer l'apathie endémique, rien du domaine de la séduction, du désir : les mots restent engoncés à l'intérieur de bouches tétanisées, se terrent au bord de lèvres devenues des gouffres, muettes.

Comment retrouver dans sa chair et son esprit le goût de vivre ? Non pas le seul appétit d'exister, mais l'enthousiasme, l'attirance irrépressible pour l'autre, pour l'inconnu : un désir fou de conquérant qui se croirait invincible. Parfois, il suffit d'une phrase prononcée par une personne aimée, admirée, pour qu'une seule de ces paroles déclenche dans les cœurs un élan : de fraternité, d'égalité, de liberté. C'est parfois encore une chanson, un roman, un film qui semblent contenir une surdose d'amphétamines poétiques pour que chacun renoue avec ses éblouissements, s'entende enfin dire avec délectation qu'il n'est pas seul dans son coin de planète à vouloir plus, mieux, et en plus tendre. Pas seul, et pourtant éloigné chaque jour davantage d'un personnel politique arrogant qui rend le citoyen le plus souvent spectateur et non acteur de décisions prises sans pédagogie ni explication.

Ces brefs poudroiements de vitamines s'épuisent et se dissipent pour faire place aux nouvelles surgies de partout. Elles pleuvent et assaillent les pensées, elles laissent dans la gorge l'amertume des défaites : un million d'enfants vivent dans ce pays – la cinquième puissance du monde – en dessous du seuil de pauvreté ; une détenue en préventive qui accouche menottée à l'hôpital d'Évry ; Sébastien Nouchet, trente-cinq ans, homosexuel, arrosé d'essence puis embrasé par des inconnus à Nœux-les-Mines (Pas-de-Calais) ; record européen des suicides en prison ; une adolescente emmenée menottes aux poignets au poste de police pour une bisbille de lycée : – Mais c'est la procédure messieurs les journalistes ! – La procédure c'est l'esprit de civilisation, madame la commissaire ! Et encore une professeure agrégée de philosophie, pendant quarante ans fonctionnaire de l'État, aujourd'hui pensionnée de ce même État, fille de deux parents Français (nés en Tunisie), qui attend depuis deux années sa nouvelle carte d'identité déjà renouvelée trois fois par le passé : « Jusqu'à ce jour ma francité était une évidence ! » Et cette déclaration énervée parue dans un journal du soir : « Je suis Mohammed de la

Bastille ! Je suis descendant de sans-culotte ! Vous ne me croyez pas ? Venez donc me voir dans les galeries du Louvre, *La Liberté guidant le peuple*, je suis à côté de Gavroche et de Marianne, le basané, c'est moi... »

Humiliations, acharnement, désinvoltures à répondre par des mots simples à des situations parfois complexes, mais dont la juste normalité est lisible par tous... Être Français serait-il devenu un luxe ? On se voit détester des parents qui ont eu la mauvaise idée de naître hors de France... Certains prétendants à un simple certificat de nationalité sont contraints d'entreprendre un travail pointilleux d'archéologie familiale pour parvenir à démontrer aux administrations aveugles ce que les cœurs et les consciences de tous savent d'évidence. Face à un tel délire procédurier, la liste est infinie de ce qui froisse l'esprit, de ce qui défie l'entendement et le bon sens dans les vies françaises au quotidien.

Il y a quelques années un magazine lançait une « motion de défiance » vis-à-vis d'un gouvernement accusé d'anti-intellectualisme primaire... Mais la défiance avait déjà inondé le tissu social, intellectuel et culturel du pays : défiance à l'apathie, défiance à la mornitude, défiance à la morgue des maîtres qui régissent les peuples en comptables, gérants des deniers, jamais des âmes, ni de la peine ni des chagrins, jamais des désirs. *Le bonheur est une idée neuve*, c'était il y a deux siècles. Qui oserait inscrire à l'ordre du jour le droit des peuples à l'enthousiasme ?

27

On the road again !

À la sortie de Lyon je longeai des raffineries de pétrole et suivis un long moment les eaux brunâtres du Rhône. Comme si là était la frontière invisible entre Nord et Sud, le ciel se trouva brusquement dégagé. Pas un nuage, un azur timide tirant sur le gris délavé. J'écoutais sur ma chaîne de voiture les chanteurs préférés de Léonie, Salif Keita, Ismaël Lô, Youssou N'Dour… Je relirais ce soir, à tête reposée, ce que j'avais écrit dans la nuit en compagnie de la jolie barmaid. *Ces p'tites amours d'un jour qui durent toujours*, chantait Brassens qui avait dû en connaître des Luna, des Nina et des Ninon, des lits froissés où on rit en se baisant *sur les nœnœils, les nénés*… Je m'éloignais de Luna, et ce n'était pas une calamité. Mon voyage reprenait ses droits, ceux de me propulser dans un itinéraire soumis au hasard des fleuves, des pierres mortes, des célestes oiseaux, indéfini.

Alors que j'écoutais *Malaika*, une chanson en swahili interprétée par Angélique Kidjo, une image de Léonie s'imposa frontalement. Peut-être que la douce mélopée et la voix métallique de l'Africaine, une sobre guitare, des consonances étrangères, me portèrent à la sentimentalité, je revisitai Léonie dans un fragment étincelant de sa vie.

Presque encore petite fille, déjà adolescente, cette apparition de Léonie revenait à chaque fois que je ressentais une mélancolie pour elle. Je me servais d'une vision de son passé où elle s'était magnifiée, pour éprouver alors une admiration émue et sans bornes à son égard. Pareille à une image hologrammique où un seul point représente *toute* l'image, cette scène de sa jeunesse la personnifiait pour moi dans son entier.

Imaginez ! Léonie a treize ans et elle est en train de pointer l'index sur le bouton d'une sonnerie. Où ? Au siège de la DDASS à Créteil. Pourquoi la DDASS ? Une amie de classe lui a confié qu'on y prenait en charge les enfants perdus, ceux que l'on maltraite dans le plus absolu des silences. Ce jour-là, elle avait en secret pris le bus la conduisant d'Ivry, où elle habitait alors chez une de ses sœurs, jusqu'à ce bâtiment austère et peu avenant de la ville de Créteil où elle espérait trouver assistance et réconfort.

Les jeunes filles s'occupent des enfants de leurs aînées, c'est l'usage aux Antilles. Ce fut là le but inavoué de Lucille, sa mère, lorsqu'elle avait expédié trois ans auparavant Léonie en métropole : que Léonie assiste une de ses six sœurs, jeune mère de deux enfants. Mais lorsque cela se vit à des milliers de kilomètres de la terre matricielle, entre les relents gris d'une banlieue parisienne, sans la présence rassurante de ce qui rend doux la vie à l'intérieur d'un cercle familial, cela ressemble à un désastre. Lassée de vivre chez une sœur aînée dont le « mari du moment », jaloux et violent, dort avec un cran d'arrêt sous son oreiller, cette sœur qui l'utilise pour toute besogne, laver le linge, la vaisselle, faire le ménage, préparer et faire manger les enfants, les siens, ceux de ses amies, changer les couches, bercer les bébés, l'obligeant à détresser durant des heures les cheveux crépus de ses voisines de palier, « on met les mains dans des chevelures non lavées pendant des mois, on se noie dans la crasse de gens que l'on ne connaît pas... », lui imposant de devenir la baby-sitter des rejetons de l'immeuble pendant que les mères courent les boîtes de nuit avec leurs amants de l'heure, Léonie, déterminée, fait un choix souverain. Ne pouvant chaque soir étudier, préparer ses cours du lendemain, faire ses devoirs, se retrouver au calme, lire, réfléchir, elle se sait perdue. Alors, à treize ans, une adolescente lunaire sonne d'elle-même aux portes d'une institution de l'État pour y demander secours. Une bouée, un oxygène ? De l'attention ! Où a-t-elle appris cela ?

La directrice se prend aussitôt d'amour pour

cette jolie gamine, volontaire, bien décidée lorsqu'elle prit le bus 345 pour venir d'Ivry à Créteil de la convaincre du bien-fondé de sa démarche. Oui elle veut apprendre, non elle ne veut pas devenir une ravissante idiote, oui elle aimerait réussir sa vie… On demande immédiatement une enquête sur les conditions d'existence de la petite réfugiée. Rapport accablant : appartement insalubre, toilettes à l'étage, chambre partagée avec des enfants en bas âge, conclusion : nulle possibilité de s'épanouir et d'étudier dans de telles conditions. Désormais, au *Relais* que dirige une autre *bienveillante*, elle aura une chambre qu'elle partagera avec deux filles de son âge (Claire et Fouzia qui se suicidèrent quelques années plus tard), prendra ses repas à heures fixes, elle étudiera, approfondira le monde, prendra conscience d'elle-même et de ce qui deviendra une de ses passions, son goût immodéré pour la lecture.

Alors, Léonie va sourire à nouveau et redessiner son avenir. Éducation de princesse tout autant que disciplinée, elle fréquente les manèges d'équitation, les cours de danse, part en vacances d'été au bord de la mer, l'hiver dans une station de neige, et lorsqu'elle manifeste le désir d'entrer à la *Paris American Academy*, une école d'art et de stylisme, on le lui accorde. « Il te faudra obtenir quinze de moyenne ma petite, sinon terminé ! » Contrat respecté. Là, elle apprend l'anglais et le parle au quotidien, dessine des silhouettes de femmes, là elle peint, elle découvre le fusain et l'acrylique, y rencontre Juanita, métisse comme elle, de dix ans son aînée, une riche New-Yorkaise d'origine haïtienne qui, lorsqu'elle repart en villégiature dans son pays, lui confie, en toute quiétude, sa carte bleue. Carte de crédit que Léonie n'utilise pas, mais le seul fait de l'avoir à disposition la rassure. Mère de substitution, Juanita deviendra une confidente, enseignera à la jeune fille de ne pas se maquiller et de ne porter aucun bijou, « c'est toi le bijou ! » disait-elle en riant. Elles ne se quitteront pas… Dans sa dernière année à la DDASS, Léonie ira en compagnie de Juanita faire un séjour, tout autant linguistique qu'artistique, à Florence.

Devenue une jolie créature, elle est repérée dans la rue par le monde de la mode, du cinéma. À dix-huit ans, elle s'expatrie durant trois mois en Côte d'Ivoire afin d'interpréter le rôle-titre d'*Azizah, la fille du fleuve*, un feuilleton de la télévision française, puis elle rencontre Jean-Luc Godard qui lui offre son premier rôle au cinéma dans le mythique *Roi Lear*, un an plus tard, ravie de retrouver l'Afrique, elle s'embarque pour le Zimbabwe où elle tourne un deuxième long métrage avec pour partenaire un jeune acteur américain, Nicolas Cage. C'est elle qui présentera à la *Mostra* de Venise le film sélectionné pour son festival.

Il fallait du cran, de l'innocence comme un infini culot pour imaginer qu'en sonnant un jour d'hiver aux portes austères de la Direction Départementale des Affaires Sanitaires et Sociales, la vie d'une petite fille pouvait s'incurver, se modeler à ses désirs adolescents et briser un carcan familial qui lui aurait été fatal.

Ainsi fut Léonie.

28

Imperceptiblement, la nature alentour était en train de muter. La couleur dominante n'était plus le vert acide des bouteilles, mais le tendre Véronèse des ajoncs, des oliviers cernés de terre de Sienne. Arbres rabougris, un Rhône élargi, des collines arasées flanquées de tours médiévales à moitié effondrées, les paysages gras et fastueux du Nord faisaient place à ceux plus hiératiques de la Provence.

J'achetai un sandwich en face de Valence, accélérai vers le Sud, mon aimant. Traversant le département de la Drôme je tentai, en lorgnant sur ma gauche, de repérer les collines arrondies où j'étais venu écrire à Cliousclat, un village de potiers, mon roman numéro trois, dans une maison prêtée par mon éditeur d'alors, Bernard Privat.

Pour l'heure, je n'avais aucune idée de là où je dormirais ce soir. Indifférence totale. Avignon, Carpentras, Marseille ? Sans en savoir le pourquoi, j'avais envie de retarder mon arrivée sur Marseille, à moins que, pour carrément l'éviter, je bifurque en amont vers Aix afin de retrouver au plus vite les platanes peladés d'un cours Mirabeau. La Méditerranée me surprendrait plus tard. D'ailleurs, elle n'était pas mon but, seulement un paysage de perfection à contempler. Et puis Aix ! La ville aux librairies et aux pâtisseries, culture et calissons, la cité jaune où se dressait l'ancien magasin de monsieur Cézanne père, chapelier, trônant juste à côté de la brasserie des *Deux Garçons...*

Des cambrures de la Drôme, je passai aux paysages plus mordants du Comtat venaissin avec la neige des Alpes pour lointain décor, le pays des cerisiers, des pêchers, des roses et des œillets de culture. J'étais venu là aussi écrire. Il s'agissait d'un minuscule hameau, Le Beaucet, situé à six kilomètres de Carpentras. Un ami journaliste à *L'Express*, Matthieu Galey, m'avait prêté sa ruine de maison pour mes travaux d'écriture. Décidément, j'étais un coucou itinérant qui squattait des résidences qui n'étaient pas les siennes... Là, en un mois exactement, j'avais écrit les deux cents dernières pages de mon cinquième roman, *Océans* : écriture au stylo *Calligraph* plume n° 10, de 14 heures à minuit, lever le lendemain à 8 heures pour taper sur ma *Brother Deluxe* ce qui avait été écrit la veille. Dans cette aventure tout aussi littéraire que spartiate une voisine généreuse, Marie-Claire, avait préparé mes repas du midi et du soir, alors que le reste du temps je me trouvais en compagnie d'une petite fée, Mélusine, le doux nom que j'avais alloué à une araignée malingre qui avait eu la bonne idée de tisser sa toile à l'angle de la fenêtre devant laquelle j'écrivais.

Sans me poser plus de questions, je sortis à la bretelle d'Avignon-Nord, passai ses remparts pour arriver au cœur de la cité aux sept papes. Réminiscences historiques, je me souvenais qu'Avignon avait pris parti pour les Albigeois, ces communautés d'illuminés qui ne se contentaient pas d'un dieu unique et omniscient, mais croyaient en l'existence de *deux* dieux, celui du Bien et celui du Mal. Vive le bithéisme !

Je garai ma voiture non loin du Palais des Papes.

Réflexion faite, c'est ici que j'avais envie de passer ma nuit, dans une ville médiévale dont l'histoire se lirait sur chaque église, sur chaque pierre, dans chaque ruelle. Se calfeutrer à l'intérieur d'un mur d'enceinte comme dans un lit clos, et s'habiller du passé pour embellir les pensées d'aujourd'hui. Je trouvai un hôtel qui, aux dires de la réceptionniste au bel accent anglais, était un ancien « palais cardinalice ». Bien que j'en aie une vague idée, je lui demandai ce que signifiait cardinalice. Elle eut une moue voulant dire que cela avait peu d'importance, « seule la beauté du mot compte ». Je me rangeai à son goût sophistiqué pour notre langue.

La robinetterie de la chambre semblait d'époque, je veux parler de celle des palaces début de siècle, argentée. *Cardinalice* à souhait le mobilier, le linge, tout portait au confort d'une chambre de prélat : un lit suffisamment large pour loger un rang de cardinaux, un édredon brodé et ajouré sur son pourtour, une chaise prie-Dieu capitonnée de velours grenat face à chacune des trois fenêtres, un tapis vénitien, une table de marqueterie datant d'un siècle où Dieu n'était pas encore mort, un bougeoir planté de cierges couleur ivoire… Moi qui voulais me vêtir des vêtements du passé, je ne m'étais pas fourvoyé, je me trouvais dans un repaire d'antiquaires dévots et, allumant mon ordinateur, il me sembla incongru de me raccorder aussi effrontément à la modernité. Consulter ma boîte de réception des mails. J'éliminai aussitôt les spams commerciaux qui envahissaient l'écran. Il y avait tout de même un *Bons baisers de Beyrouth* de mon amie Belinda qui, devant l'emprise croissante du Hezbollah sur la vie libanaise, envisageait sérieusement de venir s'installer en France. Elle voulait « quitter un pays où les babouches sont en train de prendre le pouvoir sur les souliers » ! Un mail de Léonie, rien de Justine. Sans doute boudait-elle ou se consolait-elle de mon absence avec un amant de passage. Le courriel que m'envoyait Léonie lui ressemblait parfaitement, trois mots, limpidité du message, transparent comme elle, un samizdat amoureux :

« *Tu me manques.* »

Qu'ajouter à cela ? Je te manque Léonie, comme me manquent ta présence éloquente, nos infinies soirées apéritives où tu ne cesses de parler, où tu parles et moi qui te regarde, muet, en t'écoutant, ravi d'entendre la fulgurance de tes raccourcis, tes intuitions sur le désordre des âmes, le désamour, l'abandon. Tu sais comme personne analyser les dérives amoureuses des gens qui te sont chers, leurs allers et retours imprévisibles, les coups de grâce, les chagrins qui savent si bien acérer leurs griffes dans un cœur humilié. « Sans ma mère retrouvée, je serais un boulet pour toi. Mes arrangements avec le malheur, c'est à elle que je les dois. » Tes paroles me sont chères Léonie comme elles le sont à ceux qui t'approchent. Tes rébellions enflammées, ta véhémence illuminent nos séquences de vie lorsque je partage avec toi nos quelques nuits de la semaine…

Nom de Dieu, il faudra bien que j'apprenne, à mon âge, à vivre des jours et des nuits ordinaires avec une femme ! Chaque jour et chaque nuit à jouir d'être *deux*. Une même personne avec laquelle inventer l'aujourd'hui avec ses hésitations et élans, sa lassitude, tout ce qui fait le tourbillon d'une existence qui s'accommode aussi bien de pleurer que de sourire, de déjouer le creux des apparences comme les frêles esquifs du désir. Apprendre les vêtements qui se mélangent dans la corbeille à linge, petites culottes de fille, slips de garçon, avant qu'ils ne s'entremêlent dans l'eau furieuse d'un tambour de machine, vivre l'épreuve mensuelle des règles, au jour le jour, la douleur, les méninges chamboulées, les *Tampax* rougis, le sang qui déborde dans la nuit et marque son territoire sur un drap immaculé…

De notre rencontre de hasard, je veux tirer une obstination, un engagement, une fidélité. Comme ce matin où je venais de m'habiller de ton passé de petite fille, je me vêtirais de toi Léonie, de ton *Chanel N°5* comme de ton odeur personnelle qui me transporte, du grain de ta voix, du satiné de ta peau, de ton regard de vierge noire, de ton élégance naturelle à porter aussi bien des jeans qu'un tailleur *Armani*, des escarpins *Louboutin* que des tennis de *Prisunic*, des T-shirts *Petit Bateau* que des chemisiers brodés par Christian Lacroix. L'élégance ne s'apprend nulle part, elle est là, fichée aux corps et aux âmes de ceux qui en ont reçu la grâce à leur naissance.

Je me vêtirais de toi Léonie, communiant à tes discours sur une mère si longtemps absente et que tu ne retrouvas que le jour même de l'enterrement de Luc-Rigobert, ton père chéri. Oui, tu avais déjà trente ans ! Elles furent longues et amères ces vingt années passées sans les mots rassurants d'une mère attentionnée ! Lorsque à présent elle t'appelle, et c'est souvent, je t'entends lui répéter, à l'infini, ce mot qui manqua douloureusement à ton cœur et à ta bouche, bonjour maman, comment vas-tu maman, oui maman, demain maman, bien sûr maman, je vais bien maman, je t'embrasse maman… Maman, ce mot magique que tu imaginais prononcer à satiété comme les amies de ton âge, te fut refusé et, en totale détresse, tu vécus une vie de jeune fille et de femme, interdite du suprême tendre lien.

Très longtemps tu ne t'es sentie à l'intérieur de rien, cocon vide, chrysalide évidée, tu louvoyais entre survie et mort annoncée, la tienne, puisque rien de profond sur Terre ne semblait pouvoir te retenir. Généreuse, lorsque les périodes furent fastes, tu offrais à tes connaissances et amis des anniversaires pharaoniques, ne comptant pas, invitant, recevant dans les lieux les plus exposés, chaque seconde étant portée à incandescence ou à zéro, pourvu que l'ivresse te fasse oublier que tu étais orpheline d'une mère muette.

L'absence et le silence.

Tout pouvait survenir, la fortune, la célébrité, un amour fulgurant, rien ne pouvait rivaliser avec le vide téméraire d'une mère vivante qui se taisait. « La vie est un travail », aimes-tu à répéter, et tu ne ménageas aucunement ta peine pour que ces retrouvailles, vingt ans plus tard, fussent paisibles. Tu enterrais ton père et retrouvais ta mère, étrange dispositif de l'existence qui mêlait la mort à une renaissance. Apaisée, les rancœurs s'étant enfuies de ton cœur, tu avais décidé qu'il fallait aimer et non détester, que l'humeur maligne des ressentiments était nuisible au bonheur d'exister.

Léonie était jeune et moi qui vieillissais…

Souvent lorsqu'il faisait nuit, qu'elle semblait endormie à mes côtés, je ne pouvais m'empêcher de songer à sa mort. Maladie ou accident, mon cœur se nouait à seulement évoquer qu'elle pût disparaître, comme ça, en toute nonchalance, sans prévenir. Absurde avais-je beau me dire, c'est à moi de mourir le premier, pas à elle. Mais je savais la vie retorse qui ne s'inquiète guère de l'ordre des choses. Parfois, ne l'entendant plus, ne voyant pas le drap de couette se soulever, je paniquais, prêt à la secouer afin qu'elle se réveille et me rassure à la seconde. Animal, je m'approchais d'elle, le mufle et l'oreille au ras de sa peau et, à l'affût du moindre de ses souffles, sans mouvement je restais plusieurs minutes ainsi afin de ne pas me rendre à l'hallucination d'avoir cru entendre une respiration. Une fois rassuré, je continuais à regarder son beau visage de pénombre, vivant et, de mauvaise grâce, je m'éloignais vers mon coin de sommeil, malheureux encore d'avoir eu cette pensée délirante qu'elle puisse mourir ainsi, en silence, au plus près de moi.

Alors, pourquoi continuais-je à papillonner avec les Justine, les Luna et les autres ? La nouveauté n'est-ce pas, croire qu'ailleurs résident des sensualités inédites, des peaux et des seins jamais effleurés, des visages d'effroi venus d'ères glaciaires, des jambes dessinées par Philippe Starck, des faces angéliques et maudites qu'aurait peintes Vélasquez... Pourtant, il en est bien ainsi : la nouveauté est ailleurs et les beautés de l'univers, infinies. Comment se résoudre alors à n'être rassasié que par un seul être du monde... La sagesse ? La vertu ? L'amour ? Quid de la curiosité, de l'attraction des abîmes, du vertige, des passions, des voluptés crasses où la perte de soi et la mort s'épousent ? La complexité des désirs ne pouvait que nous porter aux confins de nébuleuses où nous n'imaginions jamais pouvoir accoster pour y faire connaissance avec la noirceur, la lumière, le dégoût et la foi, y rencontrer des moussons, des boréales et des aurores... Que des denrées sentimentales à haute valeur animale, rut et copulation archaïques, l'instinct primitif dans tous ses états. Léonie aurait dû être le paravent hermétique à tous ces débordements, pourtant l'ailleurs me consumait.

29

Sashimi, *yakitori*, *maki* me furent servis accompagnés d'une coupelle de soja et d'une fiole en terre vernie remplie de saké chaud. Politesse et discrétion.

À la tombée de la nuit, j'étais sorti de mon hôtel pour un rapide tour de la Place de l'Horloge et avais jeté mon dévolu sur un restaurant japonais qui avait eu le bon goût de disposer des bougies et un bouquet de fleurs provençales sur chacune de ses tables. J'avais pris mon ordinateur et puisque je dînais en solitaire, ce compagnon d'écriture allait être l'hôte silencieux parfait, celui avec lequel j'allais discourir le plus élégamment avec ce qui me semblait être l'infini.

Entre deux prises de baguettes, je relus ce que j'avais écrit la veille auprès d'une Luna endormie. Ses cheveux blonds taillés à la Jean Seberg m'avaient fait songer à Bérénice, une ex-amoureuse des années quatre-vingt que j'avais retrouvée une dizaine d'années plus tard au Palais omnisports de Bercy, un concert de Prince. L'observant à son insu dans la file d'attente, je me demandai ce qui m'avait pris de lui déclarer un jour que je l'aimais, moi qui avais toujours voulu réserver une telle déclaration à l'unique, la superbe, la somptueuse. Honte à moi !

Une fois mon repas terminé, je ressentis le besoin d'écrire quelques lignes dans ce lieu de grande paisibilité. Les mots défilant à toute vitesse sur mon écran, j'eus envie de parler d'une exposition parisienne consacrée à Monet, Whistler et Turner que j'avais pu voir quelques années auparavant et que j'admirais pour leurs dégradés de bleu, mais aussi pour le flamboiement des incendies de soleil restituant en minuscules points de flammes rouges leurs reflets dans la Tamise, dans la lagune de Venise, sur des vagues atlantiques. Tout cela m'avait transporté vers une région de mon enfance, justement celle où je tentais avec maladresse mais obstination de rendre, à la gouache, la lumière éclaboussée d'une lune tombée sur l'eau d'un lac ou celle de la mer...

Je réglai ma note et sortis.

Pas âme qui vive, me fondre dans les venelles tamisées d'Avignon. Vacuité de la promenade sans but, j'entendais le pas de mes boots résonner contre les pierres ravagées de la cité.

Vint alors à mon esprit une simple question : *À qui faisais-je du mal à cette seconde précise dans le monde* ? À ma mère ? À des inconnus dont j'ignorais l'attachement ? À Léonie, sans nul doute, qui se demandait pourquoi je m'étais enfui, alors qu'elle n'était qu'indulgence à mon endroit. Elle dormait, ou peut-être ne dormait-elle pas à se demander ce qui m'avait poussé à m'éloigner ainsi d'elle. J'eus un tendre élan pour cette femme, cette catégorie de douceur ressentie à distance pour un être cher en imaginant qu'il recevrait, là où il se trouvait, l'amour qu'on était en train, muet, de lui porter.

Par le hasard des dédales, j'arrivai sur une petite place faiblement éclairée, face à une église au gothique flamboyant. Je m'aventurai sur le parvis, puis jusqu'au portail. Contrairement aux mosquées interdites aux Infidèles, les églises de la chrétienté restaient ouvertes à toute heure du jour et de la nuit à quiconque désirait y trouver le repos d'un instant.

J'entrai dans ce lieu désert où quelques flammèches électriques posées sur divers autels parvenaient à me repérer. Rôdaient là des parfums de cire et d'encens. Je me glissai dans la première rangée venue et, par pur réflexe, je m'agenouillai. Je restai là un long moment. Je n'avais nulle prière à formuler, des souhaits sans doute, mais qui écoute ? Je posai à côté de moi mon ordinateur et, par pur réflexe encore, joignis les mains. Dans la posture du priant, je n'avais à exprimer que mon silence. Un silence dans le silence. Mes pensées filaient de Léonie à ma mère, de Paris à Avignon, de Turner à Monet, des sourires, des mains qui se tendent pour dire adieu ou pour étreindre.

Qui étais-je à cet instant ? Un égaré de la modernité que rien ne satisfait, qui fuit pour se dissoudre dans l'effervescence des choses ? Qu'étais-je venu trouver que je n'avais pas, à huit cents kilomètres de mon sanctuaire parisien ? Des émotions, une douceur de l'air ? Un désir inconnu enfoui en moi et que je n'aurais su nommer ? Désir d'écrire, désir de voyage, désir de Léonie, le désir se moque des futurs disait-on : avec lui point de lendemain. Pourtant je n'imaginais que de l'avenir avec cette femme, accompagné de son corps, de ses mots, de sa beauté d'âme pour visiter le monde à mes côtés. L'essentiel étant de jouir non des corps, mais du temps. Celui à passer ensemble en regardant s'évanouir la mort. Personne ne remplace les amants dans leur volonté d'agir l'un envers l'autre, ils s'aimantent sans se lasser d'exister. Je pensai qu'aimer n'était pas un tropisme passager, mais une manière de mettre en lumière ce que l'on porte depuis toujours à l'intérieur de soi. Pareil au besoin d'écrire, de respirer, de s'émerveiller d'une tombée de neige, mon désir de Léonie était une lutte envers le désordre, contre la dégradation des corps et des promesses.

« *Où allez-vous ? – Je n'sais pas. – Comment saurez-vous que vous êtes arrivé ?* » avait perfidement prédit Raymond, mon vieil auto-stoppeur. Je n'avais pas encore songé au moment où je ferais machine arrière, où je déciderais mon périple terminé. La Ciotat, Nice, la frontière italienne, et pourquoi pas Venise, la ville du gouffre ? Elle arriverait bien, cette subtile seconde où je jugerais mon voyage parvenu à son terme. D'ailleurs, c'était la première fois que cette pensée m'effleurait depuis mon départ. Quand déjà ? Trois jours. Autant dire rien. J'en restai là, ne fis pas, par pur réflexe, le signe de la croix, et décampai sur-le-champ.

J'avais hâte de retrouver ma chambre cardinalice afin d'expédier illico mes écrits. Comme si le fait de les envoyer me débarrassait d'un fardeau, je me délestais d'eux avec délice, une allégresse.

Je me perdis plusieurs fois, ne reconnaissant aucun des décors par où j'étais passé. Une fille entre deux âges stationnait devant un bar, une boîte de nuit ? Peut-être avait-elle rendez-vous, ou, au vu de sa jupe de skaï ultra courte, tapinait-elle gentiment pour récolter les dragueurs ayant échoué dans leurs plans noctambules. Je lui demandai dans quelle direction se situait la Place de l'Horloge, mon repère, elle tendit la main pour m'indiquer une vague orientation. Je m'éloignai. Je faillis revenir pour lui demander son tarif, moi qui n'avais jamais fréquenté une prostituée de ma vie. Cela aussi aurait pu faire partie de mon voyage puisque je ne m'étais prescrit aucun interdit. Mais en aucun cas je ne voulais pratiquer le contrat argent/jouissance que j'avais toujours trouvé plus consternant qu'excitant. Je m'en allai, pensant que je prenais infiniment plus de plaisir aux séquences de la séduction qu'à celles de la possession. Affreux mot, n'est-ce pas ! Que possède-t-on ? Rien, sinon le droit d'user momentanément d'une personne qui simultanément use du même droit à notre égard. Qui possède l'autre ? La possession se mesurerait-elle à l'aune de l'intensité des jouissances de chacun ? Mais nulle échelle de Richter des séismes sensuels ressentis par les amants de l'éphémère. Ils disent, « j'ai joui et toi ? » Tout s'arrête là et se tait. Silence assourdissant, mots inutiles. Rien sur l'électricité, le fourmillement, les secousses, les corps tambourinés de volupté, tétanisés, rien sur l'ivresse de sombrer ailleurs, les abîmes, autre part que l'existence, dans des contrées ténébreuses, sans récit, sans roman, un *no man's land* littéraire, là où règnent l'abandon et l'oubli, où tanguent les *navires nights*, les corps emmêlés, quand les chairs s'allègent du poids existentiel, que les amants s'assoupissent et chavirent, s'offrent des regards mi-clos, assouvis, d'un malaise opaque, indéfini : la mort a rôdé là.

Seules fleurissent des larmes épidermiques, big bang d'origine, décharge électrique qui ensemencent les cerveaux, les paralysent et, pour un minuscule instant, les apaisent.

30

Petit matin, une Cour des Papes déserte, je déambulais là, songeant aux émotions qui la traversèrent. Des décors, chevaux blancs impétueux, armures glacées, des lacs et des océans de théâtre, des tréteaux, Gérard Philipe et Jean Vilar, des spectateurs venus ici s'extirper de la stupeur du quotidien pour acclamer les turpitudes d'Euripide comme celles de Bertolt Brecht ou de Thomas Bernhard.

Nul petit-déjeuner dans mes chambres d'hôtel, renouer au plus tôt avec la lumière crue des villes, le chuintement des percolateurs, les conversations hachées, façon brèves de comptoir, des clients de l'aurore. Pourtant, je retardais l'instant d'entrer dans un café afin de continuer à marcher dans ce décor de majesté, profiter du vent qui me parvenait par petites déferlantes dans un lieu ouvert au souffle des morts et aux rumeurs du ciel. J'eus le sentiment de circuler dans un centre du monde, un centre esthétique où quantité de beautés éphémères étaient apparues là pour disparaître aussitôt dans les souricières de la nuit.

Caressé en rafales par l'air aigu de Provence, je me débarrassais des scories d'une capitale, la cité d'où j'étais parti pour rencontrer d'infimes fulgurances, les battements du monde.

J'ai adulé, lorsque j'avais vingt ans, les écrivains de la *Beat Generation* qui ne se contentaient pas de rester assis à écrire benoîtement confinés dans un bureau, mais traversaient les fuseaux horaires pour s'enrichir de l'effervescence des autres, s'enorgueillir d'être des *clochards célestes* qui ne voulaient que vivre intensément avant d'écrire. Nourris de tout ce qui bruisse, de ce qui émeut ou désespère, de sourires aux dents ébréchées, de bagnoles déglinguées, d'aires d'autoroute, de tarmacs, des tendres haleines marocaines aussi bien que du fracas new-yorkais, ils arpentèrent la planète en conquérants des mots. Lorsque j'écrivis mes deuxième et troisième romans, c'est à eux que je songeais en frappant fiévreusement les touches de ma *Brother Deluxe*, à eux les fous de mandalas, de tantra, d'extases mystiques surgies de leurs crânes malades, affamés d'abîmes comme de satoris, les culminances de soi. Ces alchimistes du voyage et du verbe m'ont appris la transhumance, le bonheur d'être un point transparent du monde sans lien aucun avec un port d'attache, le lieu géographique où se stockent les livres, les courriers, les lettres d'amoureuses, sarcophages des souvenirs où gisent les fardeaux qui enracinent, alors que le but n'était que l'apesanteur, nos ailes ferventes du désir. J'ai erré dans des contrées lumineuses où chaque visage, comme chaque paysage, représentait à lui seul la planète entière : une galaxie sensuelle où se trouvaient les grammaires pour la décrire. De cette période j'ai conservé le goût des macadams bleus, des aurores mouillées, des étoiles perdues à être seul pour les contempler.

Ayant vécu ma jeunesse dans un monde aux guerres périphériques, il était certain que le progrès – qui allait alors de soi – ne pourrait jamais réinventer, sous les frondaisons européennes, de telles calamités. Utopie ? Illusion, naïveté ? Oui, tout cela sans doute, et bien d'autres choses encore. Cette génération éperdue de mots, de musique, de poésie, me rendit terriblement vivant, avec dans mon corps cette sensation érotique d'entrer dans la moiteur d'une Histoire dont nous avions été cruellement orphelins et qui, avare, nous avait privés de ses tourmentes. Mai 68 fut bien cette invention-là : celle d'une guerre virtuelle et d'un malheur absent.

31

Je n'avais jamais été très fort en aquilons, zéphyrs et autres alizés, mais il ne fallait pas pointer à Météo-France pour deviner que les sautes de vent qui montaient en puissance sur le parvis des Papes ne pouvaient porter que le seul nom de mistral. Je m'éloignai d'une place offerte aux bourrasques, achetai des journaux et entrai me réfugier dans un estaminet, *Le Café de Scène*.

Un crème sans mousse, des croissants frais, j'étais prêt à affronter le grand théâtre du monde... Que s'était-il passé à Varsovie, à Washington, à Bagdad ? Bagdad, justement, avec son lot de morts quotidien qui me rappelait la litanie mortifère et journalière de mon adolescence durant la guerre d'Algérie : aujourd'hui quinze morts à Oran, dix à Tlemcen, vingt dans un attentat à Alger... On s'était « habitué » aux morts irakiens, à ceux de Kaboul et de Karachi où des suicidaires s'immolaient pour une cause messianique qui les dépassait. *Dans l'Arctique canadien, une plateforme de glace de 66 km² se détache de la terre...* Plus loin, j'apprenais que des politiciens de gauche conseillaient à leurs troupes de dire désormais « vie chère » plutôt que « pouvoir d'achat » et « petites retraites » au lieu de « pensions modestes »...

Trois ans auparavant, une nouvelle d'importance avait retenu toute mon attention : l'Iran venait d'organiser une rencontre internationale négationniste sur l'Holocauste. Que des illuminés crachent leur fiel antisémite dans quelque revue confidentielle devenait presque anecdotique au regard du même discours tenu par un État qui avait son siège à l'ONU ! Je pensai alors qu'il me fallait marquer d'une croix noire cette date de décembre 2006 comme celle d'une guerre sans merci contre l'Histoire, contre les faits, contre les corps décharnés, les fosses communes, contre Robert Antelme, contre Elie Wiesel, contre Simone Veil, contre le numéro matricule 44904 de Jorge Semprun, contre les millions d'anonymes dont il ne restait que les orbites enfoncées et leurs pantins de corps poussés par des pelleteuses mécaniques.

Tout à mes inaudibles désolations, j'avais laissé refroidir mon crème. J'en commandai un second sans m'en expliquer au garçon. Je décidai que pour l'heure j'avais eu ma dose de chaos et repliai mes journaux.

Je pouvais tout aussi bien rester là des heures à ne rien faire, à siroter des crèmes sans mousse jusqu'à midi ou aller me perdre à nouveau dans les ruelles avignonnaises. Pourtant un souci technique me taraudait.

Depuis mon départ, je me demandais si mon antiquité de voiture n'allait pas me lâcher en plein périple. Elle n'acceptait que de l'essence ordinaire, or plus aucune station ne délivrait ce type de carburant. Toutes les pompes déversaient une essence sans plomb et je devais ajouter à chaque plein un adjuvant plombé contenu dans une sorte de grosse seringue de vétérinaire. Étant plutôt malhabile à déverser la juste dose dans mon réservoir, je repartais à chaque fois laissant derrière moi une traînée de fumée qui n'augurait rien de bon. Un pompiste me dit que, dans les deux cas, pas assez de plomb ou trop de plomb était nocif à mon moteur. « C'est une voiture de collection, m'avait-il déclaré, solennel, vous lui devez le respect ! » Je n'avais jamais éprouvé le moindre respect pour une bagnole... Pourtant je n'osais imaginer me retrouver en rade au bord de l'autoroute, appeler une dépanneuse et terminer mon voyage en stop. Peut-être serait-il sage de laisser ma voiture se reposer une journée et rester dans cette ville où je me sentais bien. J'aimais l'ancien palais cardinalice et me serais trouvé frustré de ne pas en profiter plus. Je décidai de m'allouer une nuit supplémentaire et téléphonai à la réception afin de conserver la chambre. C'est alors que mon portable fit retentir un bip. Un message de Léonie, de Justine ? Non, un SMS de mon éditeur.

« *J'aime beaucoup les pages que tu m'envoies, mais cela ressemble plus à un poème autobiographique qu'à une autobiographie proprement dite. Ce qui n'est pas un défaut, mais un peu plus de factuel ne nuirait pas à notre projet. Je t'embrasse.* »

Plus de factuel !

Plus de visages sans doute, de corps alanguis, plus de nuits à la belle étoile, plus de pays traversés, les États-Unis, le Japon, le Brésil, le Mexique, plus de Kigali et d'ossuaires rwandais à Murambi, plus de la rue de la Sardine à Monterey, plus de Rio, de Salvador de Bahia avec ses rituels de poupées transpercées par des aiguilles, plus d'Oaxaca, de mezcal et de pyramides zapotèques, plus d'Indiens mexicains aux regards perdus, plus de Berlin et d'*Unter den Linden*, plus de Stockholm et de son petit théâtre bergmanien, plus de femmes sans doute, la petite Bruxelloise montée dans un train de nuit et qui dit, « j'ai vingt ans ce soir et je voudrais les passer avec vous », plus d'une nuit de typhon à Kyoto, plus de mes amours, celles de quelques jours, celles de quelques années, plus de Gainsbourg durant une nuit alcoolisée à Luxembourg où il m'exhiba, sorti de son éternelle mallette de cuir noir aux initiales de Louis Vuitton, un manuscrit de cinq cents pages, « pour *Gallimurche* » précisa-t-il, plus de Dylan à Malibu Colony, plus d'Olympia et du Bunkyo Kokaido Hall de Tokyo, plus d'Hiroshima et du gong retentissant chaque minute dans le Parc de la Paix, plus d'Istanbul et d'un matin de neige sur le Bosphore, plus des cafés de Lisbonne où je tins à séjourner là où séjourna Pessoa, plus des randonnées en *Harley* sur la route 66... Encore plus d'intimité, de secrets, de jouissances extatiques, de cuisses offertes, de peaux moites et de sexes mouillés, plus de serments, mes fiançailles avec une aventurière dans un temple bouddhiste de Kiga au Japon, plus des cris à la mort, à l'amour et aux loups, d'une folle hurlante de Los Angeles, plus de l'île du Prince Edward là où la terre est rouge, l'océan bleu et le colza d'un jaune cézannien... Je répondis illico :

« *Je pourrais te l'écrire en 2000 pages ma bio, mais autorise-moi le plaisir de ne surfer que sur l'écume des choses, là où se situe le plus souvent l'essentiel de nos sentiments et de nos actions...* »

À cet instant, je n'avais nul maître, n'acceptait nulle injonction ni contrainte pour accomplir telle tâche plutôt qu'une autre, j'étais ce point éperdu dans le monde à ne respirer et agir que selon mon entendement. *Ne compter que sur ses propres forces*, j'avais adopté depuis longtemps comme principe ce vieil adage de l'ogre Mao. S'appuyer sur soi seul pour accomplir ce que l'on a décidé d'accomplir et ne jamais rendre quiconque responsable de son inaccomplissement. Il y avait de la candeur comme un orgueil insensé à vouloir se retrouver dans cette *artist attitude*, face à la disproportion effarante qui sépare l'effervescence planétaire et la finitude d'un être, ses mensurations limitées de corps et d'esprit, et croire que ce grand écart ontologique puisse avoir une quelconque importance sur la marche du monde.

Je retournai à l'hôtel confirmer la prolongation de mon séjour. Que tout soit en ordre… « J'aime l'ordre et la précision », aimait à répéter Vincent. Pareil à Duras qui ne pouvait supporter d'écrire à côté d'un lit défait, je refaisais le mien aussitôt levé.

32

Me perdre à nouveau dans le dédale des ruelles. Trouver l'endroit idoine pour un frugal repas. Ne pas se contenter de la première pizzeria venue. Je reconnus l'église où j'étais entré dans la nuit et, non loin de là, dans une étroite ruelle pavée, il me sembla qu'un salon de thé avec rideaux blancs dentelés aux fenêtres pouvait faire mon affaire. Son nom, *La Fourmi ailée*, me rendit joyeux lorsque j'en franchis la porte. Pas âme qui vive à l'intérieur, seule celle que je supposai être la tenancière, une femme d'une cinquantaine d'années, se trouvait derrière un bar en bois. Rusticité du décor, des chaises, des petites tables recouvertes de napperons en lin. En cette saison, nul touriste. Pourtant il y avait là, étalées, des tourtes (aux poireaux, à la rhubarbe, aux courgettes, aux potirons...), des tartes (aux cerises, aux abricots, aux pêches...), de quoi rassasier un régiment. Devant ma perplexité, la femme s'empressa de me confier qu'elle offrait ses surplus quotidiens à l'hôpital de la ville. Elle avait la grâce d'une femme mûre, ni jolie ni laide, cheveux poivre et sel tombant sur les épaules :

j'avais perçu un air de maturité douloureuse. Cependant il y avait comme une forme de sérénité à la regarder et j'eus l'impression de ne pas m'être trompé d'endroit. Peut-être avait-elle finalement plus près de soixante ans que de cinquante, je n'ai jamais été habile pour deviner l'âge des femmes au-delà de la quarantaine...

Je n'avais que l'embarras du choix pour m'installer, pris place à côté d'une des fenêtres. Un pied dedans, l'autre dehors, j'aimais les entre-deux : le chien et loup, le clair-obscur, les saisons intermédiaires de l'automne et du printemps... Si la femme devenait envahissante, je m'intéresserais à l'extérieur, le regard obstinément tourné vers la rue, les tentatives de conversation se fracassant sur mon silence. Elle m'accorda le droit de prendre des demi-parts pour assouvir ma gourmandise naturelle et picorer ainsi des saveurs multiples. Une part de salé pour deux de sucré, ainsi fonctionnait mon métabolisme. Elle posa sur la table une carafe rose de Côtes-du-ventoux.

– Vous n'avez pas une tête d'écrivain, dit-elle sans préambule.

– C'est comment une tête d'écrivain ?

– Soucieuse, avec des rides sur le front et entre les yeux. Vous, je vous imagine plutôt flâneur, un type qui regarde les filles sans forcément les envisager, seulement pour le plaisir des yeux...

– Jean d'Ormesson et Erik Orsenna aiment

aussi regarder les filles et pourtant ils siègent à l'Académie française !

– Je parlais du vrai regard, celui qui dissèque, qui ausculte. En entrant vous m'avez regardée et j'ai eu l'impression que vous me radiographiiez. On sent intensément ces choses-là vous savez, des yeux qui entrent à l'intérieur d'un corps…

Elle avait remarqué mes yeux exagérément ouverts, ce qui ne signifiait rien, seulement une disposition physique de naissance, comme avoir un menton en galoche ou troué d'une fossette. Ma mère disait souvent : « Ne regarde pas les gens comme ça avec tes yeux toujours écarquillés, ils vont croire que tu te drogues ! » La plupart du temps, lorsque j'avais présente à l'esprit la recommandation maternelle je me présentais alors à des inconnus les yeux mi-clos, la paupière tombante, afin de ne pas les mettre mal à l'aise de se croire dévisagés. Ou qu'ils m'imaginent sous amphétamines.

– Vous avez lu mes livres ? demandai-je.

– Aucun, mais j'aime savoir que vous les avez écrits…

– J'ai une tête de quoi alors ?

– Vous savez, il y a des gens qui sont des vieillards tout de suite, à vingt ans, à trente, on sait qu'ils porteront toujours ce même visage déjà compassé de la vieillesse. Vous, malgré vos rides, il y a quelque chose de l'adolescence que vous n'avez pas perdu. Ce n'est pas physique, mais une lueur dans le corps, dans les gestes, une minuscule lumière qui papillonne en vous. Moi, si j'avais vingt ans aujourd'hui, je vous aimerais tel que vous êtes : vieux !

On en resta là et, après avoir découpé mes parts, elle assembla le tout sur un joli plateau d'argent à fines dorures, puis vint me servir ce qu'il convenait d'appeler un brunch plutôt qu'un déjeuner. Mais vous n'avez pas vingt ans, aurais-je dû lui dire, et notre idylle tombe à l'eau ! Lorsqu'elle fut près de moi, je pus sentir un parfum que je connaissais mais que je ne pus identifier. « Je sais votre nom, vous ignorez le mien. Je m'appelle Camille », me dit-elle, avant de partir se réfugier derrière le bar.

C'était le prénom de Bardot dans *Le Mépris* et je n'étais jamais parvenu à extraire ce prénom de Capri, de Piccoli, de la maison à l'escalier aztèque de Malaparte, tant il appartenait, à mes yeux, à une mythologie cinématographique. *Tu ne m'attendris plus, alors je ne t'aime plus*, disait la Camille de Godard. *Si j'avais vingt ans aujourd'hui, je vous aimerais tel que vous êtes : vieux*, venait de me déclarer la Camille d'Avignon…

Je dégustai ma tarte en silence, observant une Camille de la vie qui pourtant avait dit qu'elle aurait pu m'aimer. On est parfois à des années-lumière de gens qui auraient su vous regarder rêver sans jamais oser vous réveiller. Du coin de l'œil, je l'observais, elle portait une robe bleu sombre légèrement décolletée pour mettre en évidence un collier de perles blanches. Son cou de cire et ses pommettes saillantes lui donnaient un air de Marie-pleine-de-grâce qui aurait rassasié n'importe quel portraitiste de la Renaissance. En fait, son étrangeté émanait d'ailleurs, mais d'où ? Son âge peut-être… Moi qui n'avais que peu d'attrait pour les femmes de ma génération, quoi chercher à deviner en elles quand l'énigme est sans enjeu ?

J'en étais là de mes supputations lorsqu'un jeune couple fit son entrée. Aussitôt, je les ressentis comme des intrus qui allaient perturber le début d'intimité qui s'installait entre l'hôtesse et moi. Je terminais une tourte aux poireaux lorsque je la vis s'occuper des « étrangers » comme elle l'avait fait avec moi. En représailles, j'obliquai la tête vers la rue pour m'absenter momentanément de leur espace. J'ingurgitai à toute vitesse la demi-portion de tarte aux cerises qu'il me restait et demandai l'addition. « Le premier chapitre de notre roman est déjà terminé monsieur l'écrivain ? » demanda Camille, moqueuse, s'étant approchée de moi. Elle ne semblait ni triste ni morose, seulement désappointée de mon départ précipité. Je souris : « Justement, j'ai à écrire notre rencontre, disons improbable… Je fais feu de tout bois, vous savez ! » Elle mit un certain temps à m'apporter l'addition, je réglai sur-le-champ. En espèces. J'empochai ma monnaie, ma note, et sortis.

Étrange femme, me dis-je. Il y a des personnes sans grâce évidente qui s'embellissent soudainement, soit en marchant, soit en parlant. Sa voix, sa manière un peu précieuse de parler en insistant sur le son *a* qu'elle infléchissait légèrement comme s'il s'agissait d'une diphtongue anglaise, lui avait conféré une élégance dont je la croyais démunie lorsque je l'avais aperçue à mon arrivée. Léonie portait souvent un collier de perles, et son long cou comme sa peau cuivrée se transformaient en écrin raffiné pour ce genre de parure. Avant que le prénom de Camille ne me conduise à Bardot, le collier de perles m'avait subrepticement ramené à Léonie. Certaines femmes sont des carrefours où se retrouvent des sensations éparses éprouvées pour d'autres.

Qui étais-je pour infliger un tel tourment à l'amoureuse qui avait eu la belle audace de venir me rejoindre, comme une apparition, dans une boulangerie, après dix années passées sans elle, sans nous, amoureux éloignés qui toujours prenaient plaisir à s'embrasser comme des amants lorsque le hasard les faisait se rencontrer ? J'étais alors en plein désordre amoureux, un chagrin. Avec délicatesse, elle me prit – amante universelle – sous son empire afin de cautériser, jour après jour, ma blessure. Nous avions passé ces dix ans à connaître, l'un et l'autre, d'autres amours, à grandir, à apprendre des livres et de la vie, j'avais quitté une Léonie adolescente qui était devenue une femme, amie d'écrivains et de philosophes, cultivée, qui osait parler en public, maniant à merveille notre langue et qui, de plus, avait appris à ne plus bouder au-delà de trois minutes ! « Nos corps se souviennent qu'ils se sont beaucoup manqué », dit-elle. Je me sentis irrespectueux et carrément mufle de ne pas m'être décidé à épouser, en silence, cette femme. Pas devant Dieu ni devant les hommes, mais pour une éternité en moi, secrète.

Parfois, alors que les étoiles étaient apparues, Léonie chuchotait : « Je ne peux te parler, je suis à Gorée, laisse-moi respirer dans mon île aux esclaves, ce soir mon âme est en prison. » C'est elle qui m'apprit le sort de jeunes femmes humiliées devenues proies de luxure avant de s'enraciner à vie dans les champs de canne à sucre des Caraïbes. « Pressentant le sort funeste qui les attendait, les Africaines que les négriers emmenaient sur leurs terribles et rutilants voiliers se sont jetées par centaines dans les flots sombres de l'Atlantique : plutôt mourir que devenir doublement esclaves, ouvrières et sexuelles. »

Après un long silence, elle ajouta : « Tu viens de pleurer pour des femmes que tu ne connaissais pas. »

Depuis nos retrouvailles il y a sept ans, Léonie avait repris ses pinceaux, ses fusains, ses gouaches, afin de se consacrer entièrement à sa première passion rencontrée à la *Paris American Academy*, la peinture. Le catalogue de son exposition inaugurale *Traces* dans une galerie réputée de la rue Bonaparte, toute d'huile et d'acrylique, dédiée à la déportation africaine, ombres noires et rouges, la peau et le sang, l'anthracite et le blanc, fut préfacé par un écrivain que j'admirais depuis longtemps, Édouard Glissant. Avant de nous faire parvenir par mail depuis New York son texte *Ce qui nous reste des fureurs de cette nuit*, il avait tenu à visiter l'atelier de Léonie et, émus, nous l'avions vu s'extraire d'un taxi, canne à la main, puis monter marche à marche l'escalier qui conduisait aux toiles. Ayant regardé longuement la première, sobre, il dit : « Je vais écrire. »

J'eus soudainement envie de me rendre en pèlerinage au Beaucet, non loin de Carpentras, dans ce petit village planté au milieu de roseraies, de cerisiers et où j'avais écrit, je l'ai dit, les deux cents dernières pages d'*Océans*. Mais plus que tout, vérifier si Marie-Claire, la femme qui m'avait préparé mes repas pendant ce mois d'ascèse, était toujours installée là-bas. Vivante ? Je me souvins alors que j'avais décidé de laisser reposer ma voiture durant cette journée et remis cette visite au lendemain.

Je rejoignis la Place de l'Horloge pour prendre un café et profiter de l'espace lumineux de l'endroit. Le mistral n'avait pas baissé en vigueur, et les ruelles sinueuses, pareilles à celles de la ville haute d'Arcachon, étaient de formidables paravents contre l'emprise du vent. Arrivé à l'endroit où j'avais garé la veille même ma voiture, celle-ci avait disparu. À coup sûr, ma mémoire défaille, je vais remonter la rue jusqu'au *Café de Scène* pour évidemment la retrouver à une autre place. Rien. Plus de doute : on me l'avait volée dans la nuit. J'éprouvai une sorte de soulagement. Bon débarras ! Depuis des mois, voire des années, je songeais à la vendre, mais le souvenir qui rattachait intensément cette voiture à celui qui me l'avait vendue était, à chacune de mes velléités, si prégnant, sentimental devrais-je dire, que je renonçais à publier la moindre annonce dans un magazine spécialisé. Sans doute avais-je oublié de disposer ma housse habituelle, et que la petite parure de diamants incrustée au centre du volant avait attiré mes voleurs. Ainsi, sans le savoir, des intrus avaient décidé à ma place du sort de mon antique guimbarde. Sacrilèges, ils avaient certainement déjà extirpé les douze diamants aux initiales de *J.B.* que j'avais, comme des reliques, conservés durant trente années en hommage à *S.G.* Vis-à-vis des assurances et des éventuels dégâts que pourraient faire en mon nom les prédateurs, je demandai où se situait le commissariat de police pour faire état du vol. Mon café attendrait.

Après les formalités d'usage, je m'enquis d'une agence de location de voitures auprès du policier de service qui venait de rédiger ma plainte sur un ordinateur graisseux. La plus proche se trouvait dans le hall des arrivées de la gare. Sur ses indications, je remontai une large rue garnie de platanes, de terrasses de cafés, de magasins de mode, et découvris dans la salle des arrivées un alignement de comptoirs : *Hertz*, *Avis*, *Milton*... Sur les quais, paradaient de somptueux TGV aux zébrures métalliques. L'idée me vint que je pourrais en rester là, repartir dès le lendemain pour Paris, trois heures, et en finir avec mon improbable périple. Revoir Léonie, lui dire que je voulais entendre sa respiration à mes côtés, le jour, la nuit, pour une histoire sans fin, la toucher, l'écouter me parler de ses voyages, du théâtre, du cinéma, là où elle avait œuvré. Pourtant, quelque chose me retenait à l'intérieur de cette parenthèse migratoire et je pensai que ce voyage ne devait pas se terminer de cette manière abrupte, accidentelle, imposée par une intendance défaillante, que j'étais venu chercher dans le Sud un talisman, un lieu, une personne... Quoi ? Que s'allège le poids des vices et manies pour faire place à une sorte d'innocence, le désir du désir...

Je signai de mes initiales le contrat de location pour une *Vectra* bleu nuit, boîte automatique, climatisation et lecteur de CD en prime. Traversée d'Avignon en sens inverse par la rue même où j'étais venu à pied, je pus me garer à cent mètres de mon hôtel.

On m'avait volé ma voiture et j'en avais une autre ! Comme dans *Les Gommes* de Robbe-Grillet, il ne s'était donc rien passé. Juste une heure de menus tracas aussitôt effacée.

33

Animal docile posé sur la table marquetée de la chambre, muet, mon ordinateur attendait. Prolongement de ce qui flottait dans les alvéoles de ma cervelle, c'est lui qui allait transformer ma cartographie des rêves en mots.

Quels rêves, quels mots ? *Du factuel !* avait dit mon éditeur nécrophore. Serait-il factuel de songer à un être jamais né qui voguerait sur des queues de comètes entre les planètes et les étoiles, à son désir, à sa guise, et qui accourrait se blottir dans mes bras afin de lui murmurer que c'était bien lui que j'attendais depuis des siècles et que, sans le connaître, je l'aimais ? Plutôt qu'une rencontre avec une célébrité, une ville fantôme, les larmes d'un volcan, je décidai de m'adresser au seul être qui m'obsédait depuis longtemps, depuis toujours : l'enfant que je n'avais pas eu.

« Les papillons, les algues, la mer, même les coraux et l'azur, tout te réclamait. Avais-tu si peur de moi pour te défiler ainsi et ne pas répondre à mes avances ? À quelques instants très précis de ma vie je t'ai souhaité, espérant à chaque cycle de lune que tu ailles te déclarer, signaler ton ancrage parmi nous, au milieu de la vaste humanité, que le sang d'une femme allait interrompre son flux pour annoncer ton arrivée. J'ai eu beau prier, m'en remettre à Dieu (à qui je parle peu), implorer quelques saintetés complaisantes, obstinément tu t'es tu, arrogant de silence. Et moi qui ne cessais de t'imaginer perdu dans l'univers à m'attendre, un astre, un morceau de constellation, une phosphorescence qu'il m'aurait suffi de repérer pour engager l'aube d'une conversation, perdu à guetter ma voix t'interpeller pour que tu t'élances enfin sur un chemin broussailleux, une artère urbaine de première importance où je t'aurais vu avancer en prince guerrier, en amazone, seigneur du temps qui passe. Nous aurions suivi ensemble de grands tamanoirs, dessiné les plans d'une bibliothèque des insomnies, verni des coques de voiliers. N'est-ce pas que tu aurais aimé traverser un océan en solitaire, avec moi pour apercevoir, depuis un port de plaisance aux odeurs de fuel et de crustacés, tes voiles blanches zébrer l'horizon… La peau tannée par le soleil et salée d'embruns, tu te serais enfoui dans mes bras pour savourer ta victoire sur les creux de vagues, sur les vents et les courants marins, pour m'apprendre le nom des étoiles qui auraient veillé sur toi, celles-là mêmes que je regardais lorsque je t'attendais : ces traces de toi dans le ciel lorsque, impatient, je te forgeais un prénom. Sache-le, il y aurait eu une femme en plus de moi pour t'accueillir. On n'arrive jamais seul sur la Terre, il y a des cuisses ensanglantées, un ventre perclus de vergetures, deux seins gonflés sur lesquels tu te serais jeté pour connaître le manger, les odeurs et le toucher, le goût lacté de ton premier repas. C'est comme cela sur notre planète que les choses commencent, l'instant où tu aurais su qui j'étais sans que quiconque n'ait à nous présenter. Tu aurais fait tant de rêves à mon sujet qu'à travers n'importe quelle foule tu te serais mis à me fixer et à m'aimer. Sans pourtant rien savoir des choses et des visages, jamais tu ne m'aurais confondu avec une libellule, un rhinocéros, avec le scintillement d'un fleuve ou la peau livide d'un bouleau, tu aurais planté sans hésiter ton regard dans le mien en ignorant que mes yeux déjà te façonnaient bien avant qu'un amas de cellules ne prenne possession de ton immortalité. Car c'est de cela qu'il s'agit à présent, tu demeures immortel dans les pensées du monde puisque tu n'as pas daigné faire acte de naissance. Cependant, à mon chagrin de ne pas t'avoir à mes côtés, sache que j'ai dompté mon esprit pour qu'il n'ait pas à supporter de tels regrets. Présente dans mes pensées, ton absence ne m'est pas douloureuse. Mais nul ne peut m'interdire d'imaginer les mots que j'aurais prononcés si tu avais consenti à venir, les gestes emplis de prévenances que j'aurais accomplis pour te protéger des froidures, des mesquineries, les histoires humaines que je serais allée glaner sur chaque continent pour que tu n'ignores pas comment se fondent les frayeurs et l'injustice.

S'il n'y a pas de douleur à t'évoquer, je dois avouer qu'une mélancolie parfois m'assaille lorsque je songe à certaines de mes promenades solitaires, à tes pleurs et à tes rires qui ne viennent en rien perturber des jours et des nuits par trop bien agencés. Pourtant, puis-je t'en faire l'aveu, que de quiétude sans toi ! Ton silence des limbes me pénètre sans anicroches ni ecchymoses. Une quiétude faite de ton absence, toi dont j'ai rêvé lors d'amours tumultueuses et que je croyais arrimées à ma vie pour toujours, le temps que tu viennes parmi nous et que nous puissions t'accueillir. Il y avait une niche pour te recevoir faite de mouvements de lèvres et de tendres gestes, de mots que tu aurais appris à connaître pour que s'instaurent entre toi et moi d'infinis dialogues. Sais-tu ce qui m'aurait plus que tout passionné ? Te dérouler sur un tapis rouge ce que j'avais découvert des femmes et des hommes, de l'amour, des fracas du monde, toutes ces rumeurs qui ne se trouvent répertoriées dans aucun manuel de savoir-vivre, mais dans le tissu foisonnant des existences. Les non-dits t'auraient été révélés, les secrets, l'histoire des chagrins et des douleurs, celle des joies et des plaisirs : la kyrielle des humeurs. Révélées avant que tu n'aies à les vivre, tu te serais préparé, comme au spectacle, à les aduler sans qu'elles n'aient le loisir d'entamer ta foi. Arrivé des ténèbres, ce qui bouleverse au-delà de tout est la vive lumière. Une surprise à faire hurler tant elle violente des yeux inexpérimentés. Crue, terrifiante, elle vous liquéfie lorsqu'on se frotte à elle. C'est cela le cri : la frayeur du premier éclat de lumière venu fendre une pupille. Sans elle la mer ressemblerait à une ardoise, le ciel à de l'encre, les visages à des morceaux de glace. Il faut du temps pour apprendre à l'aimer, en faire son alliée afin que les yeux l'apprivoisent et se repaissent des couleurs, des chatoiements, que l'aubépine et les renoncules se découvrent dans une parade infinie.

Sache encore que ma mémoire ne m'a fait oublier aucune de mes premières fois, elles sont là, présentes et précieuses, et je te les aurais offertes en vrac pour que tu aies déjà une histoire avant que d'exercer la tienne. Que tu sois préparé à ne rien oublier d'une émotion qui ne se reproduira plus, que tu l'observes et la choies dans ses moindres détails, savoir au plus vite qu'une première fois est aussi la dernière, qu'il en sera ensuite toujours autrement, que ce joyau inédit il faut le garder avec religiosité à l'intérieur de soi pour en jouir sa vie entière. C'est cela apprendre à être fier de qui on fut sans jamais renoncer à ce qui brûla. Mais déjà je joue les professeurs, alors que je n'aurais eu qu'une envie : te regarder découvrir l'ampleur de la diversité, l'effervescence... Moi, de jubiler à te voir exister et toi de t'enorgueillir de m'imposer qui tu es. Moi, amer que ce monde, que je croyais connaître pour l'avoir découvert avant toi, n'ait pu être révolutionné par ta venue. »

Aucun bruit alentour, nul parasite pour m'extraire d'une béatitude feutrée. Comme si l'impalpable douceur provençale emportait avec elle les mots que je venais d'extirper, présent et absent, je voguais entre deux lames de réalité. Tout à l'enfant sans nom que je venais d'évoquer, sa présence irréelle avait envahi la chambre, il était là à me questionner, à me demander : pourquoi ? Pourquoi il n'était pas là pelotonné contre ma poitrine à s'émerveiller du monde en même temps que moi. Pourquoi il ne jouait pas avec un cerf-volant sur une plage d'océan ? Pourquoi, comme les enfants jamais nés, il continuait à errer dans les pénombres du ciel, dans mes pensées malades, sans jamais pouvoir atteindre mes bras ?

34

« *Je suis rêveuse et vous êtes écrivain, si le cœur vous en dit...* » Suivaient un numéro de portable et une signature : *Camille*. Ce furent les mots que je découvris sur la note froissée de *La Fourmi ailée* que je venais de sortir machinalement de ma poche. Plan de drague discret de la tenancière ? Après tout, il était permis de dîner et de parler. Sans plus. De surcroît, elle connaissait sûrement un restaurant moins austère que mon *japonais* de la veille, je l'appelai et lui proposai de me retrouver au bar de l'hôtel.

Elle survint vêtue d'un manteau noir qui devait être du cachemire, entrouvert sur un tailleur, sombre également. Elle avait conservé son collier de perles. Elle n'était plus la propriétaire de salon de thé de l'après-midi, mais une femme élégante tout simplement qui, même si elle ne correspondait à aucun de mes critères de séduction, me donnait l'envie de discourir avec elle.

– Monsieur l'écrivain s'est-il égaré dans les rues d'Avignon, a-t-il retranscrit notre rencontre, est-il allé se perdre avec des mots de l'oubli ?

Camille s'arrêta net, puis, comme si elle cherchait déjà la formulation d'un aveu, elle me regarda fixement, sembla hésiter, et se lança :

– Je ne vous ai jamais lu, mais je sais que vous étendez sur le monde un voile troublant de beauté.

Estomaqué, je bottai en touche et répondis, concret :

– L'écrivain s'est fait voler sa berline dans la nuit, il est allé porter plainte au commissariat, puis il s'en est allé louer une voiture. Il a ensuite écrit quelques pages sur un être qu'il n'a jamais su rencontrer.

– Une femme ?

– Un enfant. Si nous buvions !

Elle commanda un *bloody mary* et moi, qui n'osais pas m'aventurer vers un *mint julip* ou un *acapulco*, une vodka-orange.

– Vous savez qu'il y a un restaurant réputé ici même, dans votre hôtel…

– J'ignorais.

– Là, derrière vous, dans le patio.

Elle s'était retournée pour me l'indiquer.

– Très bien, nous ferons ainsi l'économie d'une balade sous le mistral.

– Qu'écrivez-vous en ce moment ?

– Une autobiographie…

– On dit que vous avez beaucoup voyagé, vous racontez les villes et les paysages que vous avez traversés ?

– Je n'écris pas pour une agence de voyages…

C'est la déambulation par elle-même qui m'intéresse.

– Pourquoi Avignon ?

– Pour rien. Une étape, sans plus... Vous rencontrer sans doute, puisque ce soir vous êtes là avec moi.

– Vous me flattez...

– Ne soyez flattée en rien, seule ma recherche d'un lieu pour déjeuner agréablement a fait que nous nous rencontrions, plus votre choix de m'accorder votre numéro de portable. Deux pulsions inconscientes qui se sont télescopées... En fait, j'aimerais écrire ce qui se trouve entre un départ et une arrivée, les merveilleux hasards, les sautes d'humeur, les souvenirs qu'on ne parvient pas à s'arracher de la peau. Mais on ne parle que de moi, qui est Camille ?

– Une mère de trois enfants, grands maintenant, et qui n'ont plus besoin d'elle pour obliquer en un sens ou en un autre leur existence.

– Toute sa vie on a besoin de sa mère...

– Bien sûr je suis présente quand, à minuit, l'un d'eux m'appelle pour un problème de cœur ou d'argent. Je ne suis alors qu'une consolatrice, une trésorière, mais plus la femme qui prodiguait un amour insensé pour les protéger du mal et des chagrins. J'ai divorcé il y a une quinzaine d'années et je me suis très bien accommodée de cette solitude nouvelle. On est pendant vingt ans une famille, puis, un jour, comme une jeune fille on se retrouve célibataire. Mais la jeune fille a vieilli et les prétendants aussi. Un flirt alors n'est la promesse de rien, juste un instant agréable qu'il faut se dépêcher d'oublier, sinon il vous tue.

Nous avions terminé nos verres. J'en commandai deux autres.

Je sentais Camille fragile et me promis de ne rien faire, ni en gestes ni en paroles, qui lui laisse espérer quoi que ce soit. Adultes consentants, nous pouvions très bien consentir à ne pas nous aimer. Mon portable se mit à vibrer et je vis s'afficher *maman.* Ne voulant pas perturber l'état de confidences qui régnait entre Camille et moi, j'eus d'abord le réflexe de ne pas prendre la communication, puis je pensai que le seul appel d'une mère valait tous les dérangements du monde. Je décrochai :

– Où es-tu, je me fais du souci. Léonie m'a dit que tu avais quitté Paris…

– Je suis à Avignon et je vais bien…

– Tu n'étais pas bien chez toi ?

– Je suis parti pour écrire…

– Tu m'as toujours dit que Paris t'inspirait plus que tout…

– J'avais envie de changer d'air… Maman, je suis avec des amis, je te rappelle ce soir ou demain matin…

– Je me couche tard, tu le sais, alors tu peux appeler…

– Compris. Je t'embrasse.

– Je t'embrasse mon chéri.

S'ensuivit une ribambelle de bécotements, comme à chaque fois, avant que je ne raccroche.

Je m'adressai à Camille :

– On parlait de mères, la mienne appelle…

– Cela s'appelle la synchronicité, n'est-ce pas monsieur l'écrivain ?

Agaçant à la fin. Ironisait-elle en ne cessant de m'appeler ainsi ?

Je m'en voulais d'avoir été un fils négligeant et de ne pas avoir prévenu ma mère de mon départ. Je fis un bref aperçu sur elle à Camille, lui racontai comment, lorsque j'avais cinq ans, elle m'emmenait à bicyclette sur son porte-bagages faire du porte-à-porte dans les campagnes où nous vivions pour proposer des serviettes de bain, des draps, des gants de toilette aux paysans du coin. Comment, lorsque nous étions arrivés dans un plus gros bourg, une ville thermale, Monterville, elle devint serveuse de restaurant saisonnière, puis aide-soignante. « Toute sa vie, elle fut un vaillant soldat, soignant les uns, consolant les autres, une vie de femme passée à donner, offrant sans compter de son temps, de sa jeunesse, de son énergie. »

Mais je voulus ajouter à cette brève biographie un épisode qui nous liait secrètement, elle et moi :

– À l'époque où se déroule cette histoire, ma mère était une jeune et jolie femme dans la trentaine, serveuse dans un hôtel-restaurant où les clients la courtisaient sans scrupule. J'étais son confident. Un soir, j'avais treize ans, mon père dormait dans la pièce d'à côté, ma mère posa sur la table de la cuisine une grosse enveloppe de papier kraft. Elle s'expliqua : un riche client, amoureux d'elle, lui avait demandé, impromptu, quelle serait la chose, l'objet, le cadeau qui lui ferait le plus intensément plaisir. En toute ingénuité, elle eut la maladresse d'avouer qu'elle désirait par-dessus tout une voiture. Et comme ses désirs ressemblaient à la vie que nous menions, elle précisa son rêve minuscule : non pas une *Jaguar* ou une *Mercedes*, mais une *Deux-chevaux Citroën !* – Tout droit sorti d'une banque, l'argent pour acheter la *Deux-chevaux* est là, sur la table, me dit-elle solennelle. Je retirai les billets de leur enveloppe et nous restâmes là plusieurs minutes à contempler les liasses obscènes. Nous nous observions en silence. – Tu les lui redonnes ! dis-je alors. – C'est ce que je pensais faire, répondit-elle, je voulais ton avis.

On se prit les mains, je me levai pour l'étreindre.

– C'est ainsi que se nouent les éternités entre une mère et un fils, dit Camille en baissant les yeux.

– C'est ainsi que l'on apprend à ne pas se laisser acheter ! Si nous allions dîner…

– Allez d'abord vérifier si l'endroit vous plaît. J'en connais d'autres tout aussi plaisants.

– Chic sans ostentation ! Il y a même une table à l'écart qui peut nous convenir, dis-je après avoir repéré le lieu.

– Alors, ne perdons aucune minute de nous retrouver face à face !

Saint-Estèphe, coquilles saint-jacques, saint-marcellin, tous les saints du ciel furent conviés aux mots que nous échangions. Vers la fin du dîner, Camille me dit :

– Vous savez que vous avez un toc ?

– Allons bon…

– Je vous observe et à chaque fois que vous buvez une gorgée de vin vous la conservez dans la bouche pendant plusieurs secondes, alors vos joues se gonflent et ça ne vous rend pas beau.

– C'est sans doute pour profiter des saveurs du vin plus longuement.

– Vous faites de même avec l'eau !

À l'avenir j'allais devoir me surveiller.

Au moment de quitter la table, Camille prit les devants :

– Je sais que vous ne me désirez pas. Je sais pertinemment encore que vous n'envisagez rien avec moi. Alors, à cette heure de la nuit, deux solutions s'offrent à nous. Ou vous m'accompagnez chez moi dans un vaste appartement que mon mari m'a légué. Aucune promiscuité, il y a là des chambres, des lits, des salles de bains… Ou, autre alternative, nous en restons là et nous nous quittons à l'instant.

J'allais lui répondre, elle ajouta :

– Mais je peux vous avouer une chose : à cette heure, je n'ai nulle envie de vous quitter.

Une étrangère avec qui parler dans une pénombre inconnue, avec qui chuchoter, yeux fermés, m'enchantait. Une femme sans enjeu amoureux, sans attente, sinon celle de respirer aux côtés d'un être contre lequel déposer son corps apaisé du poids des désirs et de la conquête, cela ne m'était jamais arrivé.

– J'ai trouvé ! dis-je soudainement.

– Quoi ?

– Le nom de votre parfum : *Knowing* d'Estée Lauder.

– Lorsqu'un homme identifie le parfum d'une femme, c'est qu'il est le souvenir d'une autre. Je me trompe ?

– Vous êtes vivante et vous avez l'énorme avantage d'être présente. Allons chez vous !

35

Ce que confie Léonie aux ombres de la nuit :

Longtemps j'ai rêvé d'une vie limpide avec toi, pas transparente, le secret je le sais fait partie de l'identité. Je ne veux savoir que ce que je vois et ne veux pas souffrir de ce que j'ignore. Dès notre première histoire, il y a vingt ans, j'ai voulu m'endormir chaque nuit à tes côtés, je t'aimais plus que tu m'aimais, mais ça, comment pouvais-tu l'imaginer ? J'étais une jeune femme ignorante de la vie, en réalité une gamine que toi tu prenais pour une femme. J'ai vite compris que la littérature était ta première amante, ta favorite, et si tu aimais traverser la ville en ma compagnie, ce n'était qu'une ombre, sache-le, qui t'accompagnais, ne rêvant que d'une seule chose : que nos corps se nouent, non pour ne faire qu'un, mais pour être *deux*, la plus belle invention des hommes depuis qu'ils se sont mis à craindre les orages et d'être effrayés par la nuit.

Après trois années, je t'ai quitté pour ces raisons, imaginant que rien dans l'immédiat ne viendrait combler l'infini décalage… Dix années sans toi passèrent, dix années où je t'ai attendu en existant, en vivant des histoires absolues mais dans lesquelles quelque chose de toi toujours manquait. Lors de nos retrouvailles, nous n'étions plus les mêmes, nous avions changé, le monde avait changé, les codes avaient changé, notre seconde histoire ne ressemblerait en rien à la première.

Qui aurait parié, après dix ans de séparation, qu'une idylle ressuscite à la suite d'une aussi longue absence ?

Alors on a voyagé comme des amis, une chambre commune, un même lit, de sexe point. Tu n'aimais plus Paris, la ville où une femme que tu aimais venait de te briser. Alors nous sommes allés à Barcelone, sur les rives du lac de Côme, à Berlin, tu réappris à rire, à me caresser. Le chagrin pour ta dernière amoureuse s'estompant à chacune de nos excursions, nous avons fini par refaire l'amour une nuit à Londres, redécouvrir des gestes que nous croyions oubliés. Nous nous retrouvions, à notre vitesse, ne sachant trop ce qui allait advenir d'un amour renaissant. Puis, tu ne prononças plus le nom de ton exécutrice, nous parlions de nous, du présent. L'avenir attendrait.

La vie que tu m'offres aujourd'hui me plaît. Je n'ai pas dit qu'elle me comblait, car me manque le quotidien avec toi, *notre* quotidien, entendre chaque matin de chaque jour le chant de ton rasoir électrique, celui du sèche-cheveux, les bruits que je sais reconnaître lorsque tu prépares ton petit-déjeuner, le son de la fermeture *Éclair* de ta trousse à médicaments, le bruit du *Laguiole* qui s'ouvre d'un coup sec pour couper l'étain d'un col de bouteille, j'aime te savoir écrire dans ton antre, à l'étage du dessus, entendre tes pas, puis n'entendre rien, seulement imaginer ton regard scotché sur ton écran, j'aime que tu composes des mélodies pour moi, le soir, lorsque je prépare notre dîner, j'ai aimé t'entendre, pour la première fois, aux Francofolies de La Rochelle avec tes musiciens, sur la scène de l'Olympia, et je suis fière d'avoir été pour quelque chose dans ce retour après ton silence de trente ans, j'aime te savoir dans le monde, c'est-à-dire dans la rue, dans les cafés, les brasseries, te savoir promener ta dégaine devant des inconnues, que tu les charmes le temps fugace où tu les croises, j'aime que tu aimes me regarder danser nue sur *Massive Attack* ou *Craig Armstrong*, j'aime plus que tout nos conversations du soir et de la nuit, j'aime les grands vins que nous buvons, j'aime l'amour que nous faisons, j'aime plus que tout que nous nous endormions collés l'un à l'autre comme des lapereaux.

Cela, je le voudrais par tous les temps, chaque jour de pluie et de soleil, chaque jour de neige et de deuil quand nous pleurons ensemble pour des tremblements de terre lointains, des ouragans meurtriers, une agression…

Mais sache que je déteste repartir certains soirs chez moi comme une étrangère, que je hais cet arrachement à toi, ce brisement de la bulle de beauté et de vérité que nous habitons lorsque nous sommes ensemble.

Voilà.

36

De ma vie, jamais je n'avais passé de nuit auprès d'une femme de mon âge. Ni a fortiori plus âgée que moi. Je n'en ressentais ni regret ni manque, c'était ainsi. Pourtant c'est bien ce que je m'apprêtais à faire en éprouvant une fébrilité attendrie envers une expérience que j'ignorais.

Bien que Camille fût chaussée d'escarpins, nous déambulions à la même vitesse, côte à côte dans les rues d'Avignon. Près d'une petite fontaine, un homme nous croisa tenant un bouquet de fleurs. Où pouvait bien se rendre à une telle heure cet humain avec un bouquet à la main ? Étonnés, nous avons souri. Je me rendis compte à quel point il était difficile de discourir sur de simples choses tant le présent se trouve parfois frappé d'irréalité.

Quelques minutes plus tard, nous étions chez elle. Comme dans certaines chambres d'hôtel, un seul bouton électrique à l'entrée illumina l'appartement. Spacieux, des petites lampes *Gallé*, quelques tableaux accrochés, un canapé de cuir noir, quatre fauteuils, tout respirait ici un luxe apprêté. Faisant agir un rhéostat, Camille tamisa l'endroit. Régnait là un mélange de parfums citronnés mêlés à une odeur d'huile de lin. Camille peignait-elle ?

– Pourquoi vous obliger chaque jour à attendre le chaland dans un salon de thé ?

– Pour passer le temps, rencontrer des gens... Vous par exemple. Sans ce salon de thé, vous ne seriez pas ici à me poser la question.

Je retirai mon blouson, elle son manteau. Nous fûmes vite assis sur le canapé. Elle proposa des boissons, « vous aimez la vodka, j'en ai au freezer, sirupeuse à souhait... » J'acceptai. Elle revint avec deux verres givrés. Situation singulière : que dire, que faire durant toute une nuit en compagnie d'une femme qu'on ne désire pas ? Comme si elle devinait mon tourment, Camille observa très tranquillement :

– Vous savez, on peut envisager de multiples choses avec une personne que l'on n'aime pas : dîner, voyager, parler, boire de la vodka, se taire, dormir ensemble, rêver... Le non-amour n'est pas un gouffre où l'on se perd, c'est simplement un lieu vide où les cœurs et les corps parlent autrement.

Elle avait raison. Laissons les cœurs et les corps trouver un langage, qu'ils inventent leur propre musique, la sonate enjouée d'une nuit improbable. Comme en jazz, ces étranges amants n'auront pas de partition, ils improviseront et se satisferont d'instants qui n'adviendront plus.

– Demain vous continuerez votre voyage et je serai celle qui vous aura happé, le temps d'une nuit, dans son minuscule univers.

Elle se tut, puis à brûle-pourpoint, demanda :

– Avez-vous le désir d'écrire, là, à cet instant ?

« *Comment peux-tu hésiter entre une femme vivante et une ville morte* » demanda Jean-Luc Godard sur le tournage du *Mépris* à Michel Piccoli qui hésitait, pour le week-end, à aller visiter les ruines de cendres de Pompéi ou retrouver à Paris sa fiancée d'alors. Je ne sus quoi répondre à cette brusque question. Comment hésiter, en effet, entre une Camille vivante et la solitude de l'écriture avec pour *fiancées* un clavier et un écran ? L'être vivant ou l'alphabet. Avais-je, à cet moment précis, envie d'écrire ? Non. Pourtant elle est sensuelle l'écriture, horizon sensoriel d'un imaginaire peuplé de lignes et de pigments, je n'essayais pas seulement avec elle de trouver des correspondances entre les sons et les mots, mais aussi leur disposition picturale sur un écran. Jouissance d'écrire... Comme si des anges inspirés m'envoyaient des messages codés à divers endroits du corps et du cerveau, ces instants m'étaient précieux. Alors, pourquoi choisir de se lester d'une femme que nul désir ne vient solliciter, et ne pas filer illico vers mon hôtel afin de jouir de mon cher *azertyuiop* ? Godard avait raison : la parole, des parfums, l'effleurement des pupilles… Il me fallait vivre cette femme, pour un jour en extirper quelques phrases : le vivant avant la cité morte, la peau avant les mots. « Avez-vous le désir d'écrire, là, à cet instant ? » venait-elle de demander.

– Non, répondis-je.

– Mais encore…

– Quoi vous dire ? J'aime le timbre de votre voix, votre tailleur élégant, vos jambes collées l'une contre l'autre comme une débutante effarouchée… Voilà, c'est ce côté novice chez vous qui m'émeut.

Comment savoir si c'était la fébrilité ou un léger penchant pour l'alcool, Camille nous servit deux autres verres. La vodka aidant, et contrairement à l'heure du dîner où elle parla peu, Camille devint plus prolixe. Elle évoqua son enfance en Éthiopie où, par les grâces d'un père diplomate, elle était née, l'amharique qui fut jusqu'à six ans sa seconde langue. Suivirent l'Autriche où le père fut nommé, puis la Thaïlande, avant de terminer une carrière au Japon.

– Là-bas, je suis entrée à l'université américaine de Tokyo et, au grand dam de mes parents, je fis des photos de mode. On me disait jolie. Mais ça, en regardant mon visage d'aujourd'hui, dévasté, vous ne pouvez l'imaginer… Aidez-moi à retirer mon collier !

Elle se retourna pour me présenter sa nuque

et je fis sauter l'agrafe de sécurité, puis le fermoir en argent.

– Puis-je vous raconter une histoire que sans doute vous ignorez, et qui me tient à cœur ?

Je fis un geste qui signifiait, continuez.

– À Tokyo, par l'intermédiaire de mon père, j'ai rencontré dans les années soixante un vieil homme. Savez-vous ce que fut un Juste ?

– Un homme qui sauva des gens pendant la guerre...

– Pas des gens, des Juifs, ceux qui étaient piétinés comme des choses. J'ai rencontré là-bas le seul Juste qui soit Japonais. L'unique Japonais sur les vingt et quelques mille Justes inscrits au mémorial israélien de Yad Vashem !

Où voulait-elle en venir ?

– Je veux simplement vous dire que cet homme, Chiune Sugihara, se trouvait en tant que diplomate, au début de la guerre, à Kaunas en Lituanie et qu'il délivra, contre l'avis des autorités locales et de sa hiérarchie, plus de deux mille visas de sortie aux Juifs lituaniens qui le lui demandaient. Deux mille visas ! De retour au Japon, il fut poussé à la démission pour désobéissance, et lorsque mon père me le présenta, il tenait une agence de voyages dans la banlieue de Nagoya. Nul au Japon ne sait qui est cet homme et l'ampleur de ce qu'il a osé faire. Je dois vous dire qu'après la Seconde Guerre mondiale, afin d'aller de l'avant, les Japonais firent une croix sur les désastres de leur passé : l'Empereur qui dut faire entendre sa voix pour la première fois en annonçant la défaite de son pays sur une radio nationale, les bombes d'Hiroshima, de Nagasaki… Las de tant d'humiliations, plus les incessants tremblements de terre, le peuple japonais se focalisa sur son unique trésor : le présent. Pour ces gens qui s'absolvaient d'un passé encombrant, l'Holocauste demeura une histoire strictement européenne.

– Pourquoi me raconter cela ?

– Pour qu'un homme comme vous sache que, dans le monde, les peuples n'ont pas tous le même rapport à l'Histoire et que par conséquent ils ne peuvent penser *naturellement* comme nous.

Pas d'accord avec cette absolution hâtive, je n'en dis rien. Je songeai à Zoran Musič, le peintre préféré de Léonie, déporté à Dachau, qui eut cette phrase funeste : *Nous ne serons pas les derniers* !

Me racontant cette histoire, nous faisant boire, j'imaginai que Camille gagnait du temps et se donnait du courage. Ou peut-être s'embrumait-elle l'esprit pour affronter une nuit que, soudainement, elle se mettait à redouter. Alors, je me levai le premier et demandai où se trouvait sa chambre. Je la sentis soulagée. Elle me devança pour m'y conduire. Comme l'avait fait Luna avec une belle spontanéité, je me déshabillai à la seconde et me glissai sous une large couette écrue. Camille s'éclipsa dans la salle de bains pour réapparaître vêtue d'une nuisette blanche. En silence, elle s'étendit auprès de moi.

Quelle étrange expérience que deux corps sans désir allongés côte à côte ! Alors ? Quel langage de mains inventer, de bouches, de peaux, quelles phrases imaginer pour, dans la nuit, ressembler à des amants qui ne s'aimeront pas ? Je pris le prétexte de draps glacés pour étendre un de mes bras et inviter Camille à venir s'y lover. Après que nous fûmes restés ainsi plusieurs minutes, enlacés et muets, Camille murmura : « S'il vous plaît, caressez-moi ! » Obéissants et hésitants, mes doigts vinrent s'encanailler vers son visage, j'effleurai le détail de ses joues, l'arête de son nez, l'angle de la mâchoire, je caressai longuement ses cheveux… À travers une veine saillante de son front je sentis soudain les battements de son cœur. Je cessai mon exploration commandée et reposai la main sur ma poitrine.

– Sachez une chose, je n'ai aucun regret de ma jeunesse disparue. Les femmes de mon âge ont à s'accommoder d'un tout autre mal qui n'est ni un mari manquant, ni les enfants qui s'éloignent, ni les règles révolues, ni même les rides qui viennent jour après jour ravager un visage. Non, c'est l'apprentissage de la transparence : jamais plus personne ne les regarde. Jamais ! C'est cela la plus implacable des solitudes, la disparition des regards.

Quoi ajouter à ce qui venait d'être dit ? Elle vint se serrer contre moi, je sentis alors son corps contre le mien, tendu.

– C'est parce que je suis un peu ivre que j'ose vous demander une ultime chose : embrassez-moi ! Je veux sentir au moins une fois vos lèvres sur ma peau.

Sans plus réfléchir je saisis sa main, posai ma bouche sur le dessus, tenant la paume sur mes doigts comme s'ils étaient un reposoir. Après un long moment, le corps de Camille hoqueta. Soubresauts de plaisir, de désir ? Je n'en crus rien. Camille sanglotait. Des pleurs, une douleur... Je la pris dans mes bras, la serrai contre moi et attendis infiniment la fin de ses larmes.

Dans un souffle de vertige, elle avoua :

– Sachant pertinemment que vous ne faisiez que répondre à ma supplique, là, je me suis sentie, comment dire, humiliée. Le gouffre qui sépare les désirs est infranchissable... Comment à mon âge ignorer cela ?

– Chuuut !

Alors, nous échangeâmes un baiser. Nous le fîmes durer comme s'il allait devenir le seul et ultime cadeau que nous pouvions nous offrir. C'est Camille qui m'écarta pour briser cet instant où nous venions de stopper le monde :

– De la vodka. Vous voulez ?

Debout, elle retira sa nuisette et, toute pudeur abolie, elle sortit nue. Seul et perdu dans cette chambre qui n'était pas la mienne, je pensai que ça pouvait être ça, uniquement ça, l'amour entre deux étrangers : un baiser. Un baiser au cœur de la nuit.

L'atmosphère se détendit lorsqu'elle fut de retour. Les points d'interrogation et de tension s'étaient subitement éteints comme si nous venions, à notre manière, de faire l'amour et que nos corps apaisés pouvaient à nouveau se frôler sans se froisser.

Complices d'une histoire inédite, celle que nous venions d'inventer pour résister aux turpitudes d'un soir, nous nous endormîmes enlacés, ses cheveux mêlés aux miens, ravis de s'être ainsi trouvés pour une aussi vertueuse nuit du monde.

37

Où es-tu Léonie ?

À quoi penses-tu Léonie ?

Que désires-tu Léonie ?

Étoile brillante de mon ciel, ton nom est une litanie stellaire que je veux prononcer, répéter, parce qu'il est celui de la femme dont j'ai envie d'être l'aimé. Aimer, un mot usurpé de partout, pour aussi bien parler du filet mignon, des meubles IKEA, des fines de claires, des poèmes de Mallarmé, du cinéma de Clint Eastwood, des BD de Bilal, des films de Wong Kar-wai, des sublimes clips mode (*J'adore Dior*) de Mondino, des photos de Sebastião Salgado, des dessins rimbaldiens d'Ernest Pignon, de Leonard Cohen psalmodiant *The Partisan*. Ils sont fastueux les élans pour des gens que nous n'avons pas rencontrés et pour qui nous ne sommes rien. Ces personnes existent ou ont existé sans donner plus que leur talent pour nous offrir l'essentiel : une joie provisoire à vivre encore et s'extasier d'un monde dont maintes beautés nous échappent. C'est de cela que je voudrais t'entretenir, avoir le droit de te raconter la nuit que je viens de passer avec une femme qui n'est pas toi, te raconter une infime séquence de ma vie où des êtres qui ne s'aimaient pas se sont aimés en se tenant présents l'un pour l'autre. Présents, cela veut dire être là et pas ailleurs. Attentifs et dévots. Deux nuages du ciel qui voguent dans le même vent, à un court instant de la météorologie des âmes. Je ne peux trouver les mots qui rendent compte de ce fait sans te faire mal. Nous sommes ainsi programmés de ne pouvoir accepter ce qu'un roman rendrait acceptable.

38

Matinée sans grâce.

J'étais revenu à mon hôtel après avoir pris un café rapide dans la cuisine de Camille. Comme s'il lui fallait annuler notre nuit avant qu'elle ne puisse en souffrir, elle semblait déjà s'être absentée. Je pensai qu'il devait y avoir un âge où l'on craint plus que tout l'abandon de soi. Anéantissement possible, perte des repères qui fondent une vie dont on se croit déjà revenu, Camille n'avait envie de se fondre avec personne. Consciente que je ne songeais pas à jouir de son corps, dans une attitude de renoncement, elle m'avait attiré vers elle, comme sans doute d'autres hommes avant moi, rassurée qu'ils ne la désirent pas.

– Camille, c'est intime un baiser, voluptueux même, aussi intime que faire l'amour m'a-t-on fait savoir un jour…

– Il y a une chose de plus intime qu'un baiser, plus intime que le sexe, c'est l'amour, car dans ce cas, ce ne sont pas les corps qui valent, seule compte la foi de deux âmes et de deux cœurs. Pendant notre baiser de la nuit, quelques secondes je vous ai aimé, vous pas. Quelle intimité y aurait-il là ? L'intimité c'est le don, et vous n'avez rien donné...

J'allumai mon téléphone que j'avais laissé en recharge pour la nuit et trouvai trois SMS dont un de Léonie :

« *Les jours passent et je me sens dénudée de toi. Où sont tes bras, tes lèvres, tes paroles ? Je ne m'habitue pas à cette absence. Quelle raison secrète te pousse ainsi à me fuir, moi qui n'ai que des élans vers toi ? Je t'embrasse. Léonie.* »

Le désarroi de Léonie me liquéfia.

Redescendre brusquement de la planète Camille pour ne voir que le visage limpide de Léonie qui, méfiante des mots, détestait les serments. *Je t'embrasse* avait-elle sobrement écrit, et non un *je t'aime* aux abois. Ayant entendu autour d'elle tant de promesses d'amants éperdus qui se quittaient sèchement comme si rien n'avait jamais été prononcé, elle jugeait vains et superflus les mots d'amour qui finalement n'étaient les engagements de rien. Sinon le désir égoïste de se griser de phrases pour le glorieux plaisir de les entendre prononcer, et se donner ainsi l'illusoire espoir qu'elles remplaceraient, à elles seules, la défaillance toujours annoncée des cœurs et des corps. Réaliste, Léonie n'entendait pas cautionner, par de chimériques ostentations oratoires, le temps en sursis des amants. Justine, en revanche, me gavait de *mon amour* et de *je t'aime*... Croyant me remplir le cœur, elle s'emplissait la bouche d'engagements verbaux.

D'ailleurs, j'allais illico mettre un terme à cette liaison que je jugeais, à présent, aussi vaine qu'amère. Qu'au moins mon voyage serve à cela !

Pareil à la majorité des hommes, je me savais inapte à prononcer de vive voix des mots définitifs, ceux qui tranchent dans le vif d'une relation pour lui trouver sa conclusion. Comme je ne voulais entendre Justine ni pleurer ni m'injurier, ma lâcheté masculine me fit choisir le SMS, qu'on en finisse ainsi puisque notre histoire avait commencé par des écritures, qu'elle se termine avec elles. Je pressai avec dextérité les petites touches du portable :

« *Justine, nous ne nous reverrons plus. Je ne garderai de nous que les plus jolies choses, celles qu'on transporte avec soi comme le signe d'un délicieux instant, un souvenir que le temps doucement viendra effacer.* »

J'hésitai une ultime seconde à appuyer sur la touche ENVOI puis, comme s'il s'agissait d'un saut à l'élastique, je me jetai dans le vide, celui que serait désormais l'absence de Justine dans les arrière-salles de ma vie. Aussitôt mon geste consommé, le vide fut rempli par la beauté souveraine de Léonie. Si certaines décisions sont douloureuses, une fois accomplies, un sentiment d'extrême légèreté nous envahit et on se demande comment et pourquoi elles ne furent pas prises plus tôt.

En toute hâte, je rangeai mes affaires dans mon sac, jetai un regard circulaire à l'endroit que je quittais comme si une infime parcelle de moi pouvait s'y trouver dissimulée. Quelles traces de mes deux jours demeureraient ici ? Aucune. Les séjours s'effacent après chaque départ, comme les sentiments, comme les jouissances, comme l'euphorie qui a conduit à écrire là quelques lignes… Parfaites métaphores de l'impermanence des choses, les chambres d'hôtel étaient des non-lieux qui ne racontaient jamais rien de ceux qui y vécurent.

39

Ma *Vectra* bleu nuit possédant un lecteur de CD, je me rendis à la FNAC du coin me procurer de quoi remplir les silences de mon voyage : deux musiques de films, celle de *In the mood for love* de Wong Kar-wai, *La Ligne rouge* de Terrence Malick, plus le *Berlin* de Lou Reed et *Streets of Philadelphia* de Springsteen. J'achetai encore un poche de Baudelaire afin de relire les poèmes qu'il avait fait parvenir à Léonie par Jeanne Duval interposée.

Je m'explique.

Durant sa courte carrière cinématographique, Léonie interpréta le rôle de Jeanne Duval, l'amante mulâtresse de Charles Baudelaire. Celui-ci écrivit, en hommage à la Belle, quantité de poèmes. Amants pour le meilleur et pour le pire, elle l'assista au tribunal de Paris lorsqu'il fut poursuivi par le procureur Pinard pour avoir publié *Les Fleurs du mal.* Jeanne admirait Charles, elle fut follement aimée de lui. Avec elle, il crut avoir atteint l'amour sublime, celui recherché depuis longtemps, lui qui depuis sa jeunesse, contrairement à ses amis qui s'en contentaient, s'était toujours refusé aux liaisons de passage.

Le film se tourna au Portugal, à Sintra, Léonie m'envoyait chaque jour de longs fax enflammés, encre aujourd'hui évaporée. Elle fêta là-bas ses vingt-quatre ans.

Pour son rôle, elle portait des robes à crinoline de moire et de soie, des colliers de perles grises et des longs gants de dentelle blanche qui remontaient jusqu'à la pliure du coude.

Avec ses vêtements ondoyants et nacrés
Même quand elle marche, on croirait
qu'elle danse

Ainsi parla Charles Baudelaire de Léonie…

Ceinturé dans ma berline, je pris la direction de Carpentras, puis celle de Saint-Didier, avant de m'engager sur l'étroite vicinale qui conduisait au Beaucet. Des serres à fleurs de culture devinrent mon dépaysement durant un kilomètre. À l'entrée du village fortifié, je laissai ma voiture devant une muraille du parking. Je fis à pied la centaine de mètres qui me séparaient de la maison de Marie-Claire. Modernité oblige, l'ancien chemin de terre avait été goudronné. Je n'étais pas revenu ici depuis plus de vingt ans et, comme si je venais de m'habiller des vêtements étriqués du passé, un malaise m'envahit. Qu'avais-je à faire là ? Quoi y trouver qui puisse m'être soyeux à cet instant ?

Je frappai à la porte de la maison de Marie-Claire, souhaitant finalement qu'elle n'y apparaisse pas. Silence. Soulagé, j'allais battre en retraite lorsqu'une vieille femme aux cheveux ras finit par ouvrir. Elle me regarda et je vis des yeux se remplir de larmes. En pleurs, elle s'engouffra dans mes bras. C'était Marie-Claire que je n'avais pas reconnue. Comme si elle avait été remplacée par une autre, je faisais des efforts insensés pour relier la femme qui me fit autrefois mes repas et celle, décharnée, qui à l'instant venait d'enfouir sa tête contre ma poitrine. « Les cheveux, c'est à cause de la chimio », dit-elle comme une excuse, elle essuya ses larmes d'un revers de main. « J'ai changé je sais, le cancer ça tue à l'intérieur, ça défigure à l'extérieur… »

Elle me fit entrer. Je reconnus à l'instant même l'odeur qui m'apaisait tant lorsque j'écrivais là dans ce périmètre rassurant : un parfum de pommes au four, de fleurs fanées auquel se mêlaient des effluves de réglisse. Du feu dans la cheminée, une casserole sur une gazinière. « Tu manges avec moi, comme avant, tu veux bien ? » Je n'avais pas le cœur de partir, trouver un prétexte pour déguerpir et la laisser seule à égrener nos souvenirs. Sa peau était d'un gris souris, transparente.

Elle sortit des assiettes ébréchées et des couverts, deux verres. Elle revint d'une pièce à côté, tenant à la main une bouteille de vin sans étiquette. Comme si l'étrangeté de vingt années de silence nous paralysait, je restai muet, laissant faire Marie-Claire. À la louche, elle servit une soupe de légumes où nageaient quelques morceaux de viande bouillie.

Une fois assise, elle parla de mon mois de juin 83 passé en voisin, de son compagnon d'alors parti depuis avec une petite serveuse de Carpentras, des cerisiers où j'aimais grappiller les fruits une fois le soir venu, des horaires stricts que j'imposais, des bouquets de pivoines qu'elle composait chaque matin afin d'agrémenter la maison délabrée qui me servait de cabinet d'écriture… « J'ai toujours le livre que tu as terminé ici et que tu m'as dédicacé, tu te souviens ? Je l'ai toujours et je relis souvent les pages que tu as écrites chaque jour à côté de nous, dans la maison de Matthieu, en me demandant quels détails de notre vie d'alors tu avais bien pu glisser dans ce roman. Je sais que les écrivains sont des voleurs, mais tu n'as presque rien volé. Sinon l'amandier sous lequel on déjeunait, les boules de pain que tu aimais trancher, et encore les champs d'œillets qui te plaisaient parce que c'étaient les fleurs préférées de ta mère… »

Marie-Claire avait à présent une voix flûtée de vieille dame, un tic : ses lèvres qu'elle rentrait dans la bouche comme pour les avaler. Après un fromage de chèvre (du village) que l'on partagea, elle prépara du café.

J'avais autrefois été très heureux ici, en totale harmonie avec un lieu, un paysage, avec Marie-Claire et son ami qui s'étaient donné pour mission de me débarrasser de toute intendance. À cet instant, je ressentais encore, me les remémorant, les bienfaits de cet onguent invisible que des gens du cru, éloignés de tout cercle littéraire, avaient répandu sur moi. Comment se hausser à l'élévation requise pour remercier d'un tel dévouement ? Il me fallait le reconnaître, je m'étais montré désinvolte à leur égard. *Le discernement*... Choisir qui on doit aimer et qui il nous faut annuler. Je leur avais envoyé mon roman dédicacé (ce qui était la moindre des choses) mais ne le leur avais pas dédié (ce qui aurait été aussi la moindre des choses) et, comme si je m'enorgueillissais des estampillages de villes lointaines, j'avais envoyé à la hâte des cartes postales de mes escales mirifiques. Mais je n'avais pas fait *le détour*, comme aujourd'hui, depuis l'autoroute numéro 7, celle du soleil, que j'avais maintes fois empruntée depuis.

Le discernement, les détours, parenthèses offertes à ceux qui ont compté, un mois, un jour, une heure, que de détours par omission ou négligence je n'avais pas effectués pour simplement dire à des gens ordinaires, à Marie-Claire, « tu es là, à jamais installée dans ma mémoire ».

Dans le petit cimetière désordonné du village, nous sommes allés nous recueillir quelques instants sur la tombe de Matthieu qui m'avait ouvert sa maison, et avait tenu à être enterré ici, dans sa terre d'adoption.

« Qu'as-tu oublié de toi ? De ta vie ? » me demanda-t-elle à brûle-pourpoint. Une question qui peut-être n'attendait aucune réponse. Je songeai de quoi je m'étais dévêtu ou que j'avais négligemment laissé s'exproprier de mes souvenirs. Marie-Claire n'insista pas et m'accompagna jusqu'à la voiture.

Je la serrai une dernière fois dans mes bras, longuement, sachant que je ne la reverrais pas.

40

J'effectuai le chemin de retour en me dirigeant vers Avignon-Sud afin de récupérer ma sublime bande d'asphalte. J'enclenchai la B.O. de *In the mood for love*, la question de Marie-Claire encore présente. Qu'avais-je oublié ou négligé ? Une cascade disparate de menus faits me traversa, comète silencieuse, mes réponses se mêlant à la musique du film de Wong Kar-wai…

J'ai oublié de terminer *Cent ans de solitude*
J'ai oublié souvent d'aimer ceux qui m'aimaient
J'ai oublié mes quatre cents premières chansons
J'ai oublié d'admirer de Gaulle de son vivant
J'ai oublié le goût de la chicorée *Leroux*
J'ai oublié la voix de mon père
J'ai oublié l'odeur du sureau
J'ai oublié le parfum de ma première amante
J'ai oublié le résultat algébrique de ax^2+bx+c
J'ai oublié de lire *La Chartreuse de Parme*
J'ai oublié *La Mort du loup*
J'ai oublié de dire certains mots qui m'importaient à Jacques Chessex

J'ai oublié à Rio de Janeiro de me rendre au 34 rua Gonçalves Dias à Petrópolis et me recueillir devant la dernière demeure de Stefan Zweig
J'ai oublié de fixer mes yeux sur la lune, alors qu'une amoureuse m'avait fait promettre de la regarder à minuit, en même temps qu'elle, à mille kilomètres de là. Pardon ma belle !
J'ai oublié les péchés que je confessais
J'ai oublié pour qui je pleurais en écoutant *Ne me quitte pas*
J'ai oublié mes jouissances
J'ai oublié la formule chimique de l'acide chlorhydrique
J'ai oublié pour quoi et pour qui certaines nuits j'ai voulu mourir
J'ai oublié le *Je vous salue Marie* et le *Notre Père*
J'ai oublié l'énoncé du théorème de Pythagore
J'ai oublié le goût du sexe de mes amantes
J'ai oublié souvent de dire *je t'aime* à quelqu'un que j'aimais…

Ma litanie des oublis s'arrêta net – sans doute avais-je oublié ce que j'avais oublié !

Pourtant un archaïque souvenir, le seul et le plus ancien que j'aie gardé de ma tendre enfance, n'avait pas déserté ma mémoire. Anodin pour qui n'en est pas l'acteur, il demeure intact de par sa simplicité même.

J'ai quatre ans et demi, c'est le soir de Noël.

Mon cadeau est caché. Je sais qu'il est là, dans

l'unique pièce où nous vivons, dissimulé derrière un voile de tissu recouvrant une série d'étagères. Je retarde le moment d'aller à sa rencontre, mes parents s'amusent de mes hésitations. Finalement, je me décide et, à menus pas, je m'en vais soulever ce qui dissimule le trésor que je découvre enfin : *une paire de bottes noires en caoutchouc sur lesquelles est posée une ardoise.* Quoi de plus sommaire ? Mais c'est de ce cadeau pharaonique dont je me souviens avec le plus de précision parce qu'il est mon premier souvenir de parfait bonheur, et qu'à cet instant je sais que je suis en train de vivre le plus beau jour de ma courte vie tant ma jubilation est intense, qu'elle me remplit, qu'elle me transporte.

Longtemps plus tard, me prêtant au questionnaire de Proust pour un magazine, à la question : quel est votre idéal de bonheur terrestre ? je réponds sans hésiter : *marcher et écrire.* Des bottes pour marcher, une ardoise pour écrire. Ce cadeau de Noël fut, en toute inconscience, pour les parents qui me l'offraient, la matrice de ce que je rêvais, tout aussi inconsciemment, de devenir.

Me restaient quelques kilomètres de réflexion avant de devoir me décider : fondre directement sur la Méditerranée en prenant l'embranchement Marseille, ou obliquer vers l'Est, Aix la ville de toutes mes attirances. Je connaissais Emmanuel Loi, écrivain, qui habitait la vieille cité phocéenne, et ça ne m'aurait pas fait déplaisir de partir ce soir en bordée avec lui dans les bars opaques de la ville. La dégaine d'Emmanuel !

Ex-truand idéaliste, écrivain, ayant braqué quelques banques en compagnie de son psychanalyste, il m'avait maintes fois évoqué la sueur qui perlait sur son visage à l'instant d'investir, revolver au poing, les territoires de ses exploits d'alors. La sueur, mais pas le tremblement des mains, ça il s'était exercé à le surmonter. Résultat : sept années de prison, le prix à payer pour des frayeurs extra-littéraires... Souvent, il me faisait songer au Louis XIV peint par Hyacinthe Rigaud, la perruque, l'hermine et les talons en moins : il portait un visage de haute noblesse digne du royal modèle, mais sur lequel était venu se calquer la couleur blême, ineffaçable, des prisons.

Emmanuel avait à plusieurs reprises rencontré Léonie et lui disait avant de l'embrasser : « Comment, belle comme tu es, tu peux rester avec cette chère vieille plume ? » Certes il riait, mais sans doute le pensait-il vraiment. Il n'était pas de ces écrivains qui travestissent leurs pensées. Pour tout, ses sarcasmes, ses exagérations, ses mensonges, je l'aimais.

Cavaillon, Sénas, Salon-de-Provence... Mes hésitations demeuraient. Allais-je conserver l'A7 pour apercevoir sans attendre la mer depuis l'Estaque avant de plonger dans Marseille l'Africaine, ou prendre l'A8 pour retrouver Aix au plus vite ? Je décidai de ne plus me questionner, imaginant me laisser porter par un geste de l'ultime instant, lorsque je verrais les panneaux qui, tels des aimants, m'attireraient d'eux-mêmes vers l'une ou l'autre direction.

Je n'avais pas rappelé ma mère comme promis. Je le fis depuis la voiture. À la quatrième sonnerie, elle décrocha, essoufflée comme toujours, « je m'occupais des chrysanthèmes sur le balcon », trouva-t-elle en guise d'excuse à son halètement. Mais je savais que la bronchite chronique, qui s'était ancrée en elle lorsqu'elle fumait, ne la quitterait plus. À l'instar de tous les addicts, elle m'avait longtemps menti et ne m'avait avoué que très récemment le nombre exact de paquets qu'elle liquidait chaque jour : non pas un, contrairement à ce que j'avais toujours cru, mais deux, parfois plus ! Si elle ne s'était pas arrêtée du jour au lendemain, comme elle le fit vaillamment il y a une quinzaine d'années, elle serait sans doute déjà morte. Nos coups de fil d'antan, séquencés par une immuable toux, étaient brefs et n'excédaient jamais une ou deux minutes. À présent, je ne pouvais plus l'interrompre. La parole avait remplacé la cigarette et elle devenait intarissable sur ses voisines, la famille, les mille et un soucis du quotidien, une chasse d'eau qui fuit, les prospectus dans la boîte aux lettres, ses attentes interminables à la Sécu... Parfois, j'éloignais le portable de mon oreille, souriant toutefois de son débit incessant qui me prouvait sa bonne santé mentale. À quatre-vingts ans, elle était capable de monter deux fois par jour ses huit étages lorsque l'ascenseur était en panne, et trottinait allégrement dans les rues de son quartier à la vitesse d'une jeune fille. Passionnée de *Scrabble*, elle s'entraînait à des parties en solitaire en vue de battre sans nuance son amie Gisèle qu'elle retrouvait chaque mardi. Afin qu'elle n'ait plus jamais affaire à l'arrogance d'un propriétaire, en plus de sa résidence parisienne, je lui avais offert un petit appartement dans les Vosges où elle se rendait en villégiature une fois par mois. Là-bas, un nouveau vice était venu la tarauder, celui du jeu. Monterville possédant un casino ouvert à l'année, elle ne manquait jamais d'aller tenter sa chance auprès des bandits manchots. Lorsqu'elle gagnait, et c'était souvent, elle téléphonait aussitôt pour me dire qu'elle partagerait ses bénéfices avec moi. C'était son plaisir. Le mien aussi. Si les gains étaient importants, elle se faisait raccompagner chez elle par un des vigiles musclés de l'établissement. J'imaginais alors « la vieille dame indigne » flanquée d'un garde du corps dans les rues glacées de la ville de mon enfance.

Je pris prétexte d'une intense circulation pour mettre fin à notre conversation.

L'heure du choix était arrivée et, comme je le

pressentais, je pris la bretelle me faisant rejoindre *la Provençale*, l'autoroute qui conduisait à Aix, Cannes, Nice, l'Italie... Adieu Marseille, adieu cher Emmanuel, je vous retrouverai un autre jour, comme la Méditerranée, plus loin, plus tard...

Suite à un accident, en aval de ma route, qui m'avait considérablement ralenti, et sans doute exaspéré, je venais de manquer la première rocade menant à Aix. Je dus continuer mon chemin en attendant la suivante, lorsque j'avisai une pancarte de *Novotel* qui s'annonçait au bord de l'autoroute, je bifurquai afin de me garantir une chambre pour la nuit. Je n'avais finalement nulle envie de pénétrer à cette heure dans Aix que je savais compliquée d'accès, en pleine circulation des sorties de bureaux et d'entreprises.

J'y ferais demain une entrée discrète, au petit matin, pour y trouver un hôtel plus central. Découvrir, à la lumière rasante de l'aube, les platanes, l'ocre des pierres, les ruelles pavées...

Que ce soit en France ou à l'étranger, les chambres désincarnées des chaînes hôtelières de type *Novotel* ne m'avaient jamais insupporté. Même, je leur savais gré d'offrir au voyageur l'image parfaite de ce qu'il devait être, anonyme. Nul bouquet d'accueil, encore moins de corbeille de fruits, on était là dans son plus frugal dénuement.

Je prenais goût à ces solitudes du soir où je me retrouvais dans ces lieux de nulle part, face à mon ordinateur, à converser avec un clavier, à déconner tout mon saoul avec les mots, les..., les PETITES CAPITALES, les *italiques*... Ces rendez-vous galants avec l'écriture, mes allégresses, ressemblaient à des prières païennes adressées à quelques divinités des lettres, à Stendhal, à Perec, à Cohen, à Duras et quelques autres, mes anges tutélaires devant lesquels je ne pouvais que m'incliner.

Un jour, Simone Signoret me confia que résidaient en permanence dans sa mémoire cinq paires d'yeux, réminiscences de personnes disparues, ses modèles de probité, de sagesse, de savoir, auprès desquelles, à l'heure du choix d'un film, d'un engagement politique, elle se référait, se demandant toujours ce qu'elles décideraient à sa place. Je n'ai jamais su qui étaient ses *consciences*, comme elle les nommait, mais peut-être n'étaient-elles pas toujours les mêmes, qu'elle les choisissait au vu de ses propres questions, amoureuses, philosophiques, esthétiques... Les écrivains que je viens d'évoquer étaient aussi pour moi des consciences, mais surtout des relais énergétiques, ceux qui m'avaient donné l'envie de, le désir de, la volupté de, qui m'avaient offert la force et l'audace de m'aventurer dans les galaxies de phrases et de chapitres, comme d'affronter les découragements. Pourtant, combien de fois me suis-je réconforté auprès des mots, de mon plaisir à les assembler telles les petites pièces de métal de mes premiers *Meccano*. On ne parlera jamais assez de l'extrême jubilation qu'il y a à discourir avec les sentiments du monde, les paysages, avec les accrocs de la vie, ses déflagrations, avec des personnes réelles ou fictionnelles venues traverser, à l'instant de notre désir, les pages improbables d'un roman.

Qui, mieux que la littérature, raconte la réalité des secrets d'une chambre d'hôtel, d'une maison de location, d'un squat désespérant, nul besoin de traces, l'imaginaire recrée ce qui s'est absenté. Histoires inventées qui pénètrent par effraction dans les romans, elles exagèrent, temporisent, elles autorisent la légèreté comme la pesanteur, elles décoiffent et défrisent, souvent elles mentent, la réalité étant bien trop complexe pour que l'on puisse prétendre la faire entrer dans des phrases, aussi explosives et disjonctées soient-elles. Exponentielle, la réalité foisonne : jamais prisonnière du temps, elle s'expose comme si l'infini était son règne, parfois elle se déchaîne, d'autres fois elle rampe sous nos regards d'agents séculiers, nous donnant l'illusion qu'elle avance à la même vitesse que nous.

Les écrivains, suprêmes buvards, absorbent la matière-existence, la triturent et, à l'intérieur du chaos, parviennent à la façonner pour lui faire prendre forme. Ce temps monacal de l'écriture est leur façon de donner sa chance à l'éphémère, afin qu'il ne s'absente pas des mémoires. Les choses surgissent dans leur impressionnante luxuriance, fugaces torrents de désordre, ça hurle et ça crie, ça châtie et absout, puis tout se transforme en un ordonnancement nouveau qui voyagera, peut-être, quelques temps dans le temps.

41

Où vagabonder ce soir ? Sur le chemin des philosophes à Kyoto, au quartier Santa Teresa de Rio, sur les routes défoncées entre Kigali et Butare ? Ces décors de quelques-uns de mes itinéraires feraient sûrement grand plaisir à mon éditeur, amateur nécrophage de mes paysages. Évoquant ces villes, je ne pus m'empêcher de me fixer sur l'étrange obsession qui un jour me fit décoller pour trois sites du monde où avaient eu lieu des débuts remarquables. Lubie d'écrivain, inquiétude poétique, j'avais décidé de m'intéresser aux *commencements.* Les aurores, les ébauches, les avènements, ces mystérieux instants où se profilent des avenirs sombres ou radieux, d'autres carrément insupportables. Je fis une liste des endroits où quelques débuts retentissants pouvaient être célébrés. J'auscultai les planisphères, les livres d'histoire et, après délibération, me rendis dans trois endroits de la planète. Au Kenya, au Japon et à cap Kennedy, à la rencontre de ces lieux où des commencements de toute importance avaient eu rendez-vous. L'un pour le redressement des premiers hommes il y a de cela quelque trois millions d'années, le deuxième pour une fission atomique attribuée jusque-là au seul soleil et qui, le 6 août 1945, transforma la ville d'Hiroshima en fournaise, le troisième pour le lancement d'une fusée Apollo qui envoya, pour la première fois, un homme fouler orgueilleusement le sol d'un corps céleste qui n'était pas la Terre.

Je rencontrai Neil Armstrong dans son ranch près du Rio Grande et, à ma question « À quoi avez-vous pensé en posant le pied sur la lune », il répondit avec une belle naïveté : « À ma mère ! » Au Kenya j'allai sur les traces d'Yves Coppens (que j'avais tout d'abord rencontré au Collège de France), aux abords du lac Turkana, là même où il avait fait connaissance avec Lucy, notre ancestrale maman, *Lucy in the sky with diamonds...* À Hiroshima, contrairement à mon livre d'histoire qui montrait une cité à genoux, j'eus la surprise de rencontrer une ville debout, blanche, au bord de la mer du Japon, une ville méditerranéenne avec des toriis rouges, ces portes shintoïstes qui séparent la nature du sacré, et qui se trouvaient là plantées à même l'eau d'un outremer profond.

Enthousiaste, j'arpentai des villes et des déserts, des aires de lancement, me recueillis dans un Parc de la Paix où brûlaient des monceaux de bouquets de fleurs offerts aux victimes de l'*Enola Gay*.

Mais je n'aperçus, dans ces lieux, que les traces obsolètes de ce qui était censé m'émouvoir. Pouvait-il en être autrement ? J'en conclus que les commencements qui comptaient plus que tout étaient ceux moins glorieux de nos vies : vaincre sa peur en se laissant flotter pour la première fois dans l'eau d'une piscine, trouver l'équilibre sur une bicyclette, l'instant divin où l'on s'immisce par une nuit adolescente dans le corps parfumé de sa première amoureuse. Tout compte fait, mon humble périmètre personnel allait devenir mon poste d'observation privilégié et, dans le même temps, un laboratoire d'excellence par où, finalement, toute l'humanité transhumerait.

Mais, flash-back, un incident de taille survint peu avant mon départ pour mon ultime voyage, celui du Japon. Carol, la fille avec qui je vivais alors, m'annonça, à l'instant de l'enregistrement de mon vol, un incroyable commencement dont j'étais l'un des illustres protagonistes, susurrant à mes oreilles d'une voix si douce que je la pensai être celle du diable, qu'elle était enceinte. KO par uppercut en plein cerveau !

C'est avec un insupportable sentiment de désappropriation que je débarquai à l'aéroport Narita de Tokyo, de totale impuissance même puisque mon avenir ne se trouvait plus pour la première fois de mon existence entre mes mains, à l'intérieur de mes rêves, mais dans le ventre clos d'une femme. De surcroît, avec mon génome, un

ADN bien à moi, ma panoplie génétique au grand complet. J'avais pris mes quartiers d'hiver sur une paroi utérine et je n'en avais pas été informé.

Une dizaine de jours plus tard, me promenant dans une ruelle calme d'Hiroshima, j'aperçus dans le jardin d'une maison blanche, cossue, un aigle royal qui depuis l'intérieur d'une immense volière me fixait. Surpris, je m'arrêtai, le fixai à mon tour, tout autant fasciné par cette rencontre inattendue que par ses yeux anthracite étoilés de jaune. Soudain, relevant la tête, l'oiseau lança un cri aigu venu du tréfonds de son histoire, celle d'un rapace habitué aux sommets, planant entre les cimes du monde, un cri inhumain qui me bouleversa.

À mon retour, sans explication, Carol m'annonça qu'elle avait avorté.

Je regardai son visage las, ce corps refermé sur une infinie douleur, puis, comme dans le taffetas d'un rêve, je revis la ruelle d'Hiroshima, l'aigle d'Hiroshima, entendis son hurlement de folie, et je voulus croire qu'il ne s'agissait en aucun cas d'une coïncidence, mais de l'annonce, par-delà les continents, de la blessure d'une femme.

42

Je me rendis à la salle à manger du *Novotel* et commandai des œufs brouillés nature avec salade verte. Spartiate jusqu'au bout, je n'accompagnai mon austère repas que d'un *Ice Tea* parfumé à la pêche.

Dînaient là des gens, pour la plupart seuls, des hommes en majorité, voyageurs comme moi, représentants de commerce sans doute. Le petit peuple des odyssées faisait là une pause nourriture entre deux clients et quelques rendez-vous de travail. De rares couples, ils parlaient peu, nuls doigts entrelacés sur les nappes en papier, ils n'échangeaient pas même un regard, leurs yeux se perdant dans leurs assiettes ou vers le décor neutre de l'endroit.

Un jeune homme détonnait au milieu de ces adultes passifs. À peine sorti de l'adolescence, il ne pouvait déjà exercer de métier. Costume sombre, ses yeux rougis indiquaient qu'il avait pleuré. Sa petite amie l'avait-elle quitté ? Sa présence dans un tel endroit m'intriguait. Lorsqu'il se leva, je le suivis pour le rattraper et lui proposer de partager un verre.

– Veuillez m'excuser, je dois me lever tôt, répondit-il, me reluquant d'un air las.

– Un rendez-vous important ?

– Je dois reconnaître le corps de mon père à l'Institut médico-légal de Nice. À 8 heures demain matin.

Net, sans bavure. Maladroit, je lançai un désarmant : « Je suis désolé. » Mais ça ne voulait rien dire, une formule toute faite pour compatir poliment sur une chose dont on ignore l'ampleur à l'intérieur d'un cœur. J'ajoutai : « Buvons un verre, ça vous fera du bien. »

Il accepta.

Il voulut prendre un citron pressé, amertume dans la gorge identique à l'âpreté de ses pensées. J'insistai pour un alcool. Il choisit un armagnac. « C'est ma région, je viens du Bordelais… » dit-il faiblement, comme une excuse.

Le jeune homme était plus grand que moi, cheveux sombres mi-longs, un visage anguleux pareil à celui que j'avais longtemps porté. D'ailleurs, en un éclair, je pensai qu'il était moi à vingt ans. À l'âge où j'avais également perdu mon père. Mais moi, je n'avais pas eu à le reconnaître, je l'avais veillé toute une nuit dans une chambre d'hôpital aux côtés de ma mère. Je lui tenais la main, lui chuchotant à l'oreille les mots tendres que je ne lui avais pas dits. Que d'oublis et de désinvoltures, pour ces mots qui parvenaient à peine à franchir le rempart de ma bouche. M'entendait-il ? J'assistai à son dernier souffle qui survint au petit matin. Un rideau de tulle ne cessait d'ondoyer devant une fenêtre entrouverte. Comme c'est long à venir un dernier souffle ! Plusieurs fois, lorsque sa respiration s'interrompait, je croyais sa fin arrivée. Puis, une minute plus tard, une aspiration à nouveau, la vie, tel un poulpe à ventouses, résistait. Jusqu'à l'aube je perçus ses derniers bégaiements vitaux, des soubresauts. Aux aguets, je compris que l'ultime aspiration était survenue quand une éternité de minutes s'écoula sans plus de souffle. Mon père était mort.

Maman, aidée d'une infirmière, l'habilla de son unique costume et, dans une ambulance blanche, nous le ramenâmes à la maison. C'est sur mon lit d'adolescent qu'il fut allongé. Un corps d'homme était encore là alors que le père chéri avait disparu. Le plus étrange n'est pas l'absence de vie sur les traits figés d'un visage, mais celle d'une voix perdue. Ainsi je n'entendrais plus ce son de rocaille sorti de sa gorge malade. On sait que c'est cela qui va manquer : la parole. Pas les étreintes, ni les sourires, mais le son d'une voix avec des mots à l'intérieur.

Durant de nombreuses années, mon père vint me rejoindre dans mes rêves, *vivant*, son corps s'extirpant de tourbes sinistres, de marais plantés de roseaux de velours pour me tendre ses bras. Sorti du pays des morts, je pouvais à nouveau entendre sa voix qui me disait, « je suis vivant, je suis là au plus près de toi » et c'est elle qui alors me manquait lorsque je me réveillais.

Les rêves s'espacèrent, la voix paternelle s'effaça du monde, un jour elle quitta ma mémoire.

Quelle serait l'attitude du garçon qui buvait à mes côtés, demain à l'heure de la confrontation ? Comme si j'avais voulu qu'il se sente moins seul, pour l'accompagner j'avais pris moi aussi un armagnac. On n'entrechoqua pas nos verres, nous n'avions rien à nous souhaiter et encore moins à célébrer. C'était sans doute son premier mort, une mort sans visage sur lequel pouvoir laisser courir des doigts aimants et l'éteindre de baisers. Cette absence de corps lui avait tiré ses premières larmes d'adulte. Je posai des questions sur le pourquoi de sa présence solitaire face à l'épreuve qui l'attendait.

– Ma mère vit au Brésil depuis un an avec son nouveau mari, un beau-père qui n'a jamais daigné me rencontrer. Ma sœur est enceinte, je ne voulais pas lui infliger… Alors, c'est moi seul qui viens à Nice.

– Pourquoi l'Institut médico-légal ?

Le jeune homme hésita, but une lampée d'armagnac :

– Mon père a été retrouvé mort dans une chambre d'hôtel du vieux Cannes.

– D'une maladie, d'un accident ?

– Oui, un accident. Il s'est suicidé.

Je vis ses yeux s'embuer. Il se ressaisit aussitôt :

– Il a écrit une lettre que l'on doit me remettre demain. Pour ma sœur et moi. Je n'en sais pas plus.

Je sentais le garçon écorché, perdu. Je l'invitai à venir s'asseoir dans de profonds fauteuils et ne pas rester là, en équilibre, sur des tabourets de bar.

Je transportai nos deux verres.

Le jeune homme se prénommait Lucien et sa sœur, Noëlie. Il faisait partie de ces gens qui aussitôt divulguent leur patronyme complet quand le seul prénom aurait suffi : Lucien Rafaelli. Comme il était peu bavard, je décidai de ne plus le questionner sur le malheur qui l'envoûtait. Sa mère ne reviendrait pas du Brésil pour l'enterrement, ils seraient seuls, sa sœur et lui, au cimetière. Ils n'avaient prévenu aucun membre de la famille, sachant leur père, de longue date, fâché avec ses parents et son unique frère. Les pompes funèbres rapatrieraient le corps vers l'Aquitaine, au Mouleau très exactement, sur le bassin d'Arcachon. Je me demandai si je n'allais pas l'accompagner demain matin afin qu'il ne se retrouve pas seul à la morgue, face à un père défunt. Je lui en fis la proposition. Il répondit qu'il se sentait incapable de prendre une décision à cette heure :

– Je pars à cinq heures et demie. Parler avec vous m'a apaisé mais à présent je dois aller dormir. Merci pour le réconfort...

Lucien se leva. Je le regardai s'éloigner vers l'ascenseur, le corps légèrement voûté. Toujours seuls à porter les fardeaux qui nous accablent, je savais pertinemment que je ne l'avais réconforté en rien. Pourtant, j'aurais voulu en savoir plus sur le pourquoi du suicide, mais sans doute qu'il n'en savait rien lui-même et en apprendrait davantage en lisant la lettre que lui avait destinée le mort.

Allais-je laisser partir, seul, Lucien vers son destin ou obliquer le mien en me rendant avec un inconnu dans un Institut médico-légal ? Je pressentais que je n'écrirais rien ce soir et j'en avais presque oublié que je me trouvais à Aix. J'étais entré dans une bulle où la conversation avec un jeune homme venant d'être frappé par le malheur rendait dérisoire le nom même de la ville où j'allais m'endormir.

Je n'osai pas demander au barman un de mes cocktails favoris et me contentai d'un second armagnac.

Pour la première fois, depuis mon départ, j'éprouvai une sorte de gêne à accomplir un travail d'écriture m'ayant été « commandé ». De plus, une autobiographie ! N'avais-je pas parlé assez de moi dans des romans, des chansons, des entretiens ? Raconter sa vie, c'est faire preuve de foi envers sa profonde banalité et croire, ou espérer en son for intérieur, dans la suprématie de sa singularité. J'avais eu mille fois raison de n'écrire que sur des intuitions, de vagues impressions, et je comprenais la déception affichée de mon éditeur. *Du factuel !* Pourtant, comment ignorer que le premier laboratoire des écrivains est leur personne, c'est d'elle dont ils se nourrissent parce que là est le monde inaugural qu'ils apprennent à disséquer. Quelle aberration y aurait-il à cela ? Soi et l'univers, soi et la folie humaine, soi et les pulsions d'une époque, ses tremblements, ses séismes… Ne jamais manquer de se connecter aux pensées folles, entrer dans le tabernacle des secrets, mettre en ordre le désordre, s'amouracher de la beauté effrontée comme des gargouilles… Écrire, une manière élégante d'ajourner sa mort.

43

Je m'étais fait réveiller à 5 heures.

J'allais vite savoir où en serait Lucien quant à ma proposition de l'accompagner jusqu'à Nice. Mais je comprendrais parfaitement qu'il n'ait nul besoin de témoin pour l'ultime tête-à-tête. Évitant de me mouiller les cheveux, je pris une douche en toute hâte puis, une fois rasé et habillé, j'empoignai mon sac qui n'avait pas été défait et me retrouvai dans le hall de l'hôtel. J'avais cinq minutes d'avance. Je réglai ma chambre et questionnai, à tout hasard, si monsieur Rafaelli était déjà passé. « Il est parti il y a un bon quart d'heure », répondit le veilleur de nuit. Déception. Pour m'être levé si tôt et de n'avoir pas été attendu. Sans doute Lucien avait-il craint d'être en retard à son rendez-vous. Il faisait encore nuit et je me demandai si j'allais me rendre à Aix ou partir pour Nice. Quelque chose m'attirait vers ce garçon, quelque chose de paternel à l'instant même où ce sentiment venait de perdre tout sens pour lui.

Je courus vers ma voiture et pris la direction de l'ancienne ville italienne.

Peu de circulation. Ne connaissant pas la marque de voiture de Lucien, je ne pouvais espérer le repérer sur l'autoroute. Sur ma droite, je devinai bientôt, plus que je ne les vis, les monolithes de porphyre rouge de l'Esterel. Puis, par moments, m'apparaissait, à travers eux, l'échancrure de la côte méditerranéenne flanquée de lampadaires dont la lumière tombait en nappes coniques pour se refléter dans l'eau. Il y avait là un décor marin, qui doucement s'offrait à mon regard, et que les premiers rayons du jour paraient encore d'ombres et de clartés lunaires.

En moins de deux heures, je me trouvai sur la Promenade des Anglais et pus apercevoir un long courrier qui décollait de l'une des pistes de l'aéroport. La Méditerranée tant attendue était à mes côtés, vagues grises et galets, au loin un paquebot de croisière stationnait. J'entrai dans la ville par la Place Masséna. Je me garai devant le premier poste de police, où on me donna les renseignements que je demandais. L'Institut médico-légal se trouvait au nord du musée Chagall, au pied des hauteurs de Cimiez. Plutôt que de m'empêtrer avec les sens interdits, je pensai laisser là ma *Vectra*. Je notai mentalement l'adresse où j'abandonnais mon véhicule de location avant de m'engouffrer dans un taxi. Il n'était pas encore 8 heures.

Le chauffeur me déposa quelques minutes plus

tard face à un petit bâtiment sans allure, gris, ce qui détonnait avec les immeubles ocrés du voisinage. Sinistrement, était peint au pochoir au-dessus de la porte : INSTITUT MÉDICO-LÉGAL. À moins qu'il n'ait eu le même réflexe que moi, Lucien avait dû perdre du temps à venir jusqu'ici avec sa voiture et je pensai qu'il y avait des chances pour qu'il ne soit pas déjà là. Droit comme un i je décidai d'attendre devant l'entrée. Peu avant 8 heures, une *Clio* grise passa au ralenti devant moi, nos regards se croisèrent, Lucien était au volant. Il parvint à se garer un peu plus loin. Je n'avais pas eu le temps de percevoir son étonnement à me trouver planté là. Peut-être se demandait-il déjà comment se débarrasser de ma personne. Ce fut tout le contraire. Avec un maigre sourire il me remercia de l'avoir rejoint. « Je suis parti au plus vite ce matin de crainte d'être en retard… » Au guichet de l'entrée, il présenta sa convocation. On nous fit attendre. Bientôt, un homme en blouse blanche vint à notre rencontre :

– Monsieur Rafaelli ?

– C'est moi, répondit Lucien, monsieur est un ami, ajouta-t-il en me désignant.

Après qu'il eut donné un coup de fil, l'homme nous invita à le suivre dans le dédale du magasin des morts. Sur le parcours, des panneaux rouges indiquaient les placards à extincteurs.

Devant une porte à battants, il dit, c'est ici. Pièce flanquée d'une mosaïque blanche, un des murs ressemblait à une salle de consigne automatique : petites enclaves verrouillées munies chacune d'un patronyme étiqueté. Un homme, lui aussi vêtu d'une blouse, attendait. Son collègue lui fit signe : monsieur Rafaelli. Après en avoir vérifié le nom, celui-ci ouvrit un des portillons et fit glisser un brancard chromé sur lequel était allongée la vague forme d'un corps, enveloppé d'une combinaison de plastique zippée. On demanda à Lucien de s'approcher. Hésitation, il me prit soudain la main avec fermeté et m'emmena avec lui. Il y eut ce bruit métallique d'une fermeture *Éclair* que l'on déchire. L'homme de l'Institut écarta les pans du linceul bleu nuit afin qu'apparaisse un visage. Je sentis Lucien se raidir, puis être secoué de spasmes avant qu'il ne dise dans un souffle : « C'est mon père. » Il se pencha pour l'embrasser sur le front, caressa ses cheveux un court moment puis l'embrassa à nouveau. Il avait gardé sa main dans la mienne. Je m'approchai à mon tour pour regarder les traits du suicidé. Je cherchais les marques de son ultime angoisse, mais je ne vis là qu'un visage calme, jeune, à la chevelure abondante. Dieu merci, aucune trace de balle ou de sang. Ne sachant rien des circonstances de la mort, j'imaginai des barbituriques pour qu'une telle quiétude puisse ainsi apparaître. On referma l'enveloppe plastifiée. Nous nous écartâmes et le brancard cliquetant réintégra son enclave mortuaire. Lorsque la petite entrave de métal fut verrouillée, Lucien éclata en sanglots, je le pris par les épaules, il pleura contre moi. Chacun à son tour, les deux hommes vinrent lui présenter des condoléances convenues. L'un d'eux nous demanda de le suivre afin de remplir les formalités d'usage. Lucien se détacha de moi. Lorsque nous dûmes quitter la salle mosaïquée de blanc, il se retourna une dernière fois, le regard braqué vers l'endroit où gisait son père, puis les portes à battants se rejoignirent et nous fûmes conduits dans un bureau vitré, sans lumière extérieure.

Il y avait là, posé sur un bureau, un petit sac de toile : « Ce sont les affaires personnelles que la police a trouvées sur votre père, ses papiers, un stylo à plume, sa montre, ses cartes de crédit, de l'argent liquide… Nous en avons établi la liste que vous voudrez bien signer après vérification. » Lucien fit un signe négatif de la tête, non il n'avait pas le cœur à vérifier, et apposa sa signature au bas de la feuille sans l'avoir lue. « Il y a encore un attaché-case avec ouverture à numéros, une valise de voyage avec des vêtements, une trousse de toilette, un ordinateur et la lettre destinée à votre sœur et vous qui fut trouvée en évidence sur la table de nuit de la chambre. Elle n'était pas sous enveloppe. Pour finir, voici le rapport détaillé concernant l'état des lieux à l'heure où la scène de la mort fut découverte par les policiers. »

Lucien signa encore quelques formulaires pour le retour du corps défunt jusqu'au bord de l'Atlantique. Nous quittâmes l'endroit avec, à la main, les bagages et le sac en toile, la dernière fortune de l'homme qui reposait désormais dans une consigne sécurisée de l'Institut.

Dans la rue, Lucien m'avoua qu'il n'était pas en état de conduire. Je pris le volant de sa voiture et l'emmenai vers la mer, vers la lumière, vers le soleil.

44

De voyages précédents, je conservais le souvenir d'un endroit de la ville, paisible, coloré, à deux pas de la plage : le Marché aux fleurs. C'est là que je conduisis Lucien qui à présent gardait les yeux clos. Les saisonniers avaient déployé leurs étals, une ambiance mimosa nous attendait. Une fois la voiture garée dans un parking à étages aux abords du marché, j'avais extirpé le jeune homme de sa somnolence et nous étions partis à la recherche d'une terrasse ensoleillée. Certain qu'il n'avait pas eu le cœur ce matin à prendre de petit-déjeuner, un café crème accompagné de croissants lui ferait, à lui comme à moi, le plus grand bien. Lucien n'avait pas prononcé un mot depuis notre départ de la morgue et j'entendis à nouveau le son de sa voix lorsqu'il commanda, contre toute attente, un armagnac. Devant mon étonnement, il dit : « Amer comme la vie, du chien dans la gorge, à boire tout de suite ! » Je me contentai d'un grand crème sans mousse avec viennoiseries. Son désir ? Du râpeux, chiendent, racines de pissenlits, la bouche en feu.

Il sortit de sa poche intérieure de veste la lettre paternelle qu'il tint pliée devant mes yeux. Son contenu l'effrayait autant qu'il l'attirait. Il la serrait du bout des doigts comme une grenade pouvant exploser à tout moment.

– Je n'ai pas le courage de la lire, là maintenant. Lisez-la vous, avant moi, et vous me direz alors si mes forces me permettent de l'entendre.

Je dépliai la lettre et remarquai aussitôt une belle écriture déployée sur une seule page. Écriture à l'encre de stylo, élégante. Je la parcourus une première fois, puis une seconde plus attentivement.

– Lucien, je peux vous la lire à haute voix si vous voulez... Cette lettre ne recèle que de tendres choses qui s'adressent à Noëlie et à vous : les mots d'un père désespéré et aimant...

– Oui, c'est ça. Lisez-la-moi !

Il but son armagnac d'un trait. Je le regardai pour vérifier s'il était certain de ce qu'il me demandait et, devant son regard, fixe sur moi, je m'exécutai :

Mes deux chéris,

Je ne vous abandonne qu'en apparence... Là où vous vous trouverez, j'y serai. C'est moi qui m'abandonne car je n'ai plus la force de m'opposer au mal qui m'étreint. Pour vous j'ai résisté, pour vous j'ai tenté de rester digne et ne jamais vous apparaître vaincu, mais le départ de votre mère, plus une chose que je vous ai dissimulée jusqu'au bout, la perte de mon emploi, ont eu raison de mes ultimes forces. Le deuil amoureux m'a usé plus que je ne l'imaginais, il m'a raviné le visage et le cœur, le licenciement m'a donné le coup de grâce. On n'est jamais appareillé à subir plusieurs accidents coup sur coup. On se prépare toujours à aimer, pas à souffrir. À l'instant où je vous écris, il n'y a que vous qui comptez, vous qui ne m'avez jamais déçu, vous les plus belles planètes qu'il m'ait été donné d'atteindre. Alors, pardon ! Acceptez, mes amours, que je vous lègue mon dernier souffle, ma dernière étreinte, mon amour sans fin… Votre père à jamais.

Lucien n'avait pas bronché. Pas pleuré. Il me prit la lettre des mains qu'il relut plusieurs fois en silence, puis il fit glisser son doigt un long moment sur l'encre des mots. Je pensai qu'était venu l'instant de le tutoyer, lui transmettre ainsi mon affection présente.

– Tu devrais boire un café brûlant, manger un peu…

– Je n'ai pas faim, mais je veux bien vous faire plaisir.

Son vouvoiement ne me dérangea pas. À chacun sa vitesse pour décider de l'offrande de ses affects. Devenu figurant du Marché aux fleurs, ma présence ici ne m'apparut pas déplacée, j'avais fait le bon choix de venir ainsi prêter assistance à un inconnu qui ne me demandait rien. Souvent, secrètement, on espère un geste qui nous semblerait incongru à devoir l'espérer. Un pacte invisible nous unissait, Lucien et moi, le lien qui associe deux personnes que tout vouait à ce qu'elles demeurent étrangères, mais qu'un hasard facétieux a fait se rencontrer pour qu'elles vivent, ensemble, la traversée d'un instant douloureux.

À présent, ayant replacé la lettre dans sa poche de veste, Lucien trempait un croissant dans du café. Apaisé d'avoir surmonté l'obstacle qu'il avait cru infranchissable, la sombre vie d'un orphelin s'empara de ses heures.

Muets, nous sommes allés sur la plage écouter le roulement des vagues. Musique apaisante. Je n'avais pas imaginé rencontrer la Méditerranée sous de tels auspices, en compagnie d'un garçon dont j'avais remarqué, la veille, les yeux rougis dans un motel.

La seconde rencontre masculine de mon voyage me fracassait. Était-ce Lucien que j'étais venu chercher ainsi aux détours de mon périple ? Qu'allais-je faire de lui ? Le laisser repartir vers l'Aquitaine et le voir disparaître pour toujours de mon paysage, penser à lui, seul à son volant, me soucier de ses réflexes, de sa somnolence, attendre son appel pour me prévenir d'une arrivée ? Son absence allait m'envahir. Je redoutais le moment où il dirait, « il faut que j'y aille ». Je pris les devants et proposai de déjeuner ensemble, sur la plage, avant son départ.

– Il faut que tu reprennes des forces, dis-je sans trop y croire.

– Je ne dois pas m'attarder, j'ai un long voyage.

– Je sais. Mais j'aimerais en savoir plus sur toi, quelles sont tes pensées, tes espérances. Que tu me dises si tu vas m'oublier…

– Je ne vous oublierai pas ! Vous êtes apparu à un moment de ma vie où je me croyais seul au monde… Comment oublier cela ?

45

Des parasols se déployaient face à la mer.

Une fois assis, et après avoir passé une commande de fruits de mer, Lucien raconta qu'il poursuivait des études de biologie à la faculté de Bordeaux, que son grand-père était venu d'Italie en France durant les années soixante travailler dans la forêt landaise et qu'il avait fini par monter sa propre scierie. Son père, lui, avait créé une petite entreprise de fabrication d'étiquettes (celles auto-collantes que l'on voit sur les produits pharmaceutiques) qu'il avait suffisamment fait prospérer pour se permettre d'acheter leur maison du Mouleau, en bordure de mer. Jusqu'à la faillite où il dut se reconvertir en représentant de matériel dentaire.

– Mais tu penses quoi de la vie, Lucien, tu étais heureux comment jusqu'à ce drame ?

– J'étais heureux comme ça…

Il leva la main et écarta petitement son pouce de son index.

Trois centimètres de bonheur ! Je le sentais tourmenté, non en raison des évènements récents, mais anxieux de nature, exigeant, à fleur de peau. Je voyais peser sur lui le fardeau des contraintes d'une génération aux perspectives étriquées, plan de vie aléatoire, visibilité du futur à six mois, un an, pas plus… Je pensai qu'il était en pleine tourmente, ne sachant pas comment terminer sa mue, se recroqueviller ou partir tête haute à la conquête de ses mondes.

– La vie est un sacré combat, me dit-il avec lassitude. Il faut en permanence savoir ce que l'on veut quand tout est incertain. J'ai l'impression d'être ballotté sur des montagnes russes, tantôt en bas, tantôt au sommet, j'exulte et d'autres fois je me soumets, je fanfaronne puis je m'anéantis. Peut-être dois-je à mon père une certaine inclination pour la mélancolie… Sans doute me faudra-t-il apprendre à rire, de tout, de moi, et ne pas me laisser engluer par ce qui me semble hostile. Aujourd'hui, il me faut faire connaissance avec un deuil, le premier, de celui que j'admirais et qui m'abandonne à son tour. Comme ma mère. Peut-être vais-je devoir interrompre mes études, trouver un emploi…

Il sembla réfléchir puis demanda :

– Vous avez des enfants ?

– J'aime beaucoup d'enfants, mais aucun n'est à moi.

– Ça vous rend triste ?

– Parfois oui, parfois non, mais c'est ainsi. Je ne désespère pas (je n'en croyais rien)… Sais-tu que le bonheur s'apprend, comme conduire une voiture ou aimer. Aimer est un travail assidu, pas un dû ni un don.

Lucien ne répondit rien, il ferma les yeux.

– Il te faudra apprendre la patience. Ce que l'on désire le plus ardemment est rarement au rendez-vous. Patienter sans te morfondre, sans amertume, sans rage : t'asseoir sur ton petit banc et regarder paisiblement le monde réagir avant d'agir... Encore une chose... Ne t'imagine pas qu'il y a une fois pour toutes les chanceux et les malchanceux. Ce serait une grave erreur de croire à je ne sais quel bon numéro tiré à la naissance. Les chanceux sont ceux qui écoutent, qui regardent, qui tissent des liens avec des inconnus, qui voyagent et s'étonnent, qui ne se découragent pas et persistent quand tout semble résister. Ceux qui se disent malchanceux ne sont qu'orgueilleux car ils ne savent pas qu'il faut apprendre, avec humilité, tout des autres et tout du monde. Un dernier mot : aie le courage, c'est une vertu qui elle aussi s'acquiert, de ne jamais douter de toi, de ta singularité, ne jamais douter de ta valeur... Et dans quel but tout cela ? Devenir un homme meilleur ! Il y a tant de choses que tu ignores, j'aurais voulu t'en apprendre quelques-unes car les plus importantes ne se trouvent ni dans les livres ni dans les religions, encore moins à la télévision...

Lucien se taisait.

L'heure du départ tant redouté était arrivée. Après avoir échangé nos numéros de portable, nos adresses, s'être promis un jour des retrouvailles, nous repartîmes vers le parking où nous avions laissé sa voiture. Il prit le volant. Je montai à ses côtés pour profiter de derniers instants auprès de lui. Il stationna quelques secondes sur la Place Masséna, près d'un bouquet de palmiers jaunis. Embarrassé, et plutôt que de devoir simplement lui serrer la main, je l'embrassai sur le front.

Avant que la portière ne claque, Lucien me lança :

– Je ne peux devenir votre fils ! Mon père est là, en moi… Pour toujours.

Imparable ! Il démarra aussitôt. Pleurer, pas pleurer ? Je le vis s'éloigner, nos vies se séparaient là. Je restai un long moment à ne pouvoir nommer la béance qui venait de s'ouvrir quelque part en moi.

46

Vite, une chambre avec balcon et vue sur la mer. Du ciel, un espace où perdre les yeux. J'arpentai une avenue près du Marché aux fleurs et aperçus au loin un bâtiment de verre et d'acier, récent, l'hôtel *La Pérouse.* À la réception, je demandai l'étage le plus élevé. Sur l'enveloppe de ma carte magnétique on inscrivit un numéro de chambre situé au douzième. Dernier avatar de mon épopée niçoise, il me fallait récupérer ma voiture restée devant un commissariat de police.

Je décidai d'y surseoir pour prendre, sur-le-champ, possession de ma nouvelle résidence. Je ne fus pas déçu. La vue portait sur la Baie des Anges dans son entier, jusqu'à l'aéroport. La carte postale idéale, celle que je transportais dans ma tête depuis le périphérique de Paris lorsque j'avais choisi de me diriger vers le Sud. Mon but rêvé se matérialisait là : de l'eau à perte de vue, des palmiers, une lumière tremblante d'un bleu presque transparent qui me mettait du baume à l'âme. Car Lucien, d'une seule phrase, avait anéanti mon désir de veiller sur lui, sur ses futures années, le couver, l'aimer comme l'adolescent qu'il était encore. Qu'aurais-je dû ajouter ? D'aimer la vie plus que le sens de la vie, de ne jamais se résoudre à s'éloigner du monde, des gens, des parfums, du son des voix… Mais je n'avais eu le temps de rien. Il avait eu cent fois raison de se rebeller, je devais m'y résoudre : je n'étais qu'une rencontre de circonstance, un inconnu qui avait aidé un autre inconnu à franchir un passage rugueux de sa vie. Rien de plus. Quelle idée avais-je eu de mélanger les genres ?

Léonie : Quelle idée en effet, toi qui n'as jamais désiré être père.

Moi : Je me suis vu à vingt ans à l'âge de ce garçon. Comme lui, mon père venait de mourir, j'étais désemparé. Ce fut plus un mimétisme de circonstance qu'un désir frustré de paternité.

Léonie : Étrangement tu as écrit sur cet enfant que tu n'as pas eu, et là tu te prends de tendresse dévote pour un inconnu… Et tu persistes à dire que la paternité t'est indifférente ! Moi, j'étais mère avant même d'être une jeune fille. Esclave de la tyrannie des nouveau-nés, j'ai élevé tant de neveux et nièces que je ne me sens redevable en rien en ce qui concerne les nuits blanches, les couches-culottes, les fesses à laver, leur puanteur dont personne ne parle jamais… Je suis guérie du manque de ma mère et du manque de ne pas être mère.

Moi : Avoir un enfant ne se résume pas à ça. Il y a, *a minima*, du moins on peut l'espérer, un projet de vie, un avenir commun décidé entre deux personnes...

Léonie : Je me demande parfois si ce n'est pas un seul des deux qui décide, du genre, « je ne serais pas une femme accomplie sans connaître la maternité ». En Occident être enceinte est encensé comme un exploit, alors que dans tous les pays pauvres, c'est la chose la plus banale qui soit... Un de mes amis philosophes a dit : *Dans l'amour, le but est d'expérimenter le monde du point de la différence, ce n'est pas d'assurer la reproduction de l'espèce.*

Moi : Es-tu certaine de ne jamais avoir à regretter une maternité ?

Léonie : Il n'y a rien de consternant dans cet état de fait, simplement une splendide nonchalance à ne pas se demander ce que fabrique à 3 heures du matin notre drogué(e) de fils ou de fille... Oui je sais, il n'y a pas que les drogués...

Moi : Il y a les tagueurs, les suicidaires, les violeurs, les psychotiques, les révoltés, cheveux rouges anneau dans le nez et chaussures d'éboueur ! Rien que de la crème à déguster, *avec amour*, sans broncher...

Léonie : (elle rit) J'adore quand tu exagères !

Moi : Dieu merci, il y a des millions de Lucien !

Léonie : Avec lui, tu as semblé prendre la posture de l'homme blessé qui aurait *oublié* de procréer et qui subitement, sur le tard, se prendrait à regretter une telle négligence.

Moi : Je te l'avoue, j'ai parfois quelques bouffées de paternité et j'aime, comme tu le dis, prendre la posture de l'homme sans descendance qui souffrirait de ce manque en silence. Alors, on me console, on me plaint, qui s'occupera de lui lorsqu'il sera vieux ?

Léonie : Que fais-tu de cet amour infini qui, dit-on, relie d'une manière indéfectible les parents à leur progéniture ?

Moi : Je te l'offre. Ne serait-il pas permis d'offrir à la personne que l'on aime tout l'amour dont on se sent rempli. J'ai fait le pari des équivalences, comme celui des alter ego, là où deux vies étrangères se mêlent pour relever le défi de la constance. Aimer c'est amener le hasard d'une rencontre dans le registre de l'éternité. Ta présence est, de loin, plus importante que celle d'un enfant, tu es là, nous parlons un langage compris par chacun et vivons une histoire que nous nous sommes choisie. Rares sont les enfants procréés en toute connaissance de cause, le plus souvent c'est dans l'erreur ou parce que c'est *dans la nature des choses*, par accident, pour faire plaisir, par négligence, parfois encore par devoir, très rarement en imaginant que l'avenir, qui sera long, puisse ressembler à un purgatoire.

Léonie : Là-dessus, sans exception, tous les parents se taisent…

Moi : La différence avec Lucien, c'est qu'il était quasi *fini* et ne ressemblait ni à un terroriste ni à un zombie. Je l'avais choisi, il est parti, je ne pleure pas...

Léonie : Tu as failli...

Moi : J'ai failli pleurer parce que mon seul manque, si tu veux vraiment savoir, est de ne pouvoir transmettre ce que je sais, ce que j'ai ressenti, mes découvertes. J'aurais aimé offrir à celui-ci un précepteur à domicile – moi – qui lui aurait fait gagner un temps fou sur toutes les embûches rencontrées, afin qu'il sache les éviter et ne végète pas dans l'étroit, mais s'évade vers le large, vers l'azur, vers ce qui est grand et vertueux...

Léonie : Alors, d'accord.

Assis dans un transat rayé de bleu et blanc, je m'efforçais de savourer l'instant. Je songeai que la nature méditerranéenne avait peu changé au cours des siècles. La baie de Nice avait sans doute aujourd'hui une découpe identique à celle qu'aurait connue Ulysse si Homère lui avait dicté de venir se reposer là, loin des Sirènes, de Calypso et des Tempêtes, ici, sur le rocher s'élevant aux confins de l'hôtel, et qu'il regarde, de son promontoire, la mer venir s'écraser en vaguelettes sur les lieues et les lieues d'une plage de galets.

La mer et le ciel, la lumière vaporeuse, la douceur de l'air, le matériel irréprochable de la Grèce antique avait traversé, ici-même, le temps.

Aucune nouvelle de Léonie depuis trois jours, ni SMS ni mail, et ce silence contrariait la quiétude dans laquelle j'aurais voulu m'installer. La présence de Lucien avait, pendant quelques heures, tout absorbé des bruissements de l'extérieur, mais là, sans lui, je retrouvais mes impatiences de solitaire. Cela ne ressemblait pas à Léonie de se taire ainsi. Son corps regorgeait de paroles, de points de vue, d'images insolites, elle pouvait, je l'ai dit, soliloquer des heures durant, ne s'interrompant que pour demander un assentiment ou un désaccord. « Ai-je été claire ? » Je m'employais le plus souvent à approuver. Il me suffisait d'un hochement de tête pour qu'il en soit ainsi et qu'un feston de mots afflue à nouveau de sa bouche.

Une Léonie muette ne pouvait être qu'une Léonie souffrante.

Le silence est toujours complice ou trompeur, disait une chanson des années soixante-dix et il fallait bien que je me rende compte que mon mutisme était la cause des maux qui immolaient Léonie. Par ma désinvolture, je rendais le seul être du monde qui me soit précieux, malheureux. En dilettante égoïste, je profitais de la *supériorité* de mon éloignement pour faire silence à mon aise. Et j'étais lâche, infantile et désinvolte à me prélasser ainsi au soleil de la Méditerranée comme si de rien n'était, laissant sur un brasier la femme de mes espérances.

J'étais parti depuis une semaine et je n'avais rien rencontré sur ma route qui incline dans un sens ou dans l'autre mon existence. Si ! J'avais pris conscience que je tenais plus que tout à une femme, et ce n'était pas rien. Le début de la sagesse ? Vieil adage : on n'est jamais autant sûr de qui l'on aime qu'en s'en trouvant orphelin. À mon âge, il m'avait fallu, comme le premier adolescent venu, parcourir mille kilomètres, rencontrer quelques fantômes sur ma route pour m'apercevoir que j'avais effectué un voyage sans n'y trouver rien de substantiel : cette divine nouveauté qui infléchirait une vie. J'étais désolé d'un tel état de fait. J'en étais à me dire que j'aurais pu faire l'économie d'un aussi fastueux détour si j'avais seulement su voir avec mes yeux, mon cœur, mon esprit, la personne qui vivait au plus près de moi. Moi qui croyais circuler à l'intérieur de systèmes ouverts, il me fallait convenir que je m'étais enfermé dans un mode de vie réduisant toute vigilance à l'égard d'autrui, qui me rendait incapable de faire le saut qualitatif consistant à simplement vivre au quotidien avec une femme. Je n'avais nulle envie d'expédier à l'instant un maigre SMS qui la rassurerait. Il me fallait d'amples phrases que je ne pourrais dérouler que sur un long clavier d'écriture pour lui annoncer mon retour et l'engagement qu'il signifiait.

Je décidai d'aller récupérer ma voiture afin d'envoyer, à l'heure où le soleil se coucherait sur la Baie des Anges, un mail amoureux qui commencerait ainsi : *Je reviens pour t'encercler de mes souffles…*

Je marchais dans les rues d'une ville du Sud, rempli de l'avenir que je voulais proposer à une femme, et je me sentais inaccompli de ne pouvoir lui envoyer sur-le-champ les messages que fabriquait mon cœur. Arpentant d'un pas ferme les larges rues niçoises aux parfums de bergamote, de lavande et d'air salin, je me rendis compte que je n'avais pas mentionné, à cet instant, un épisode majeur dans la vie de Léonie, de la jeune femme qu'elle était lors de notre rencontre de la rue Mazarine.

Un an après l'épiphanie parisienne du 14 juillet 1989, elle devait retrouver sa chère Afrique, non pour un tournage de film, mais pour un rôle dans une pièce de théâtre où elle interprétait le rôle principal du *Bal de N'dinga* de l'auteur congolais Tchicaya U Tam'si. La tournée traverserait une dizaine de pays, le Niger, le Sénégal, le Congo, la Guinée, le Mali…

Léonie me téléphonait au cours des heures de la nuit depuis ses hôtels d'escale. À Dakar, elle dit : « Je suis allée cet après-midi à l'île de Gorée et sur l'embarcadère, j'entendais, *en vrai*, le cliquetis des chaînes des déportés. Tu ne me crois pas ? J'ai demandé à ceux qui m'accompagnaient de me laisser seule, pour rester là à entendre, parce que *j'entendais*, instant chamanique, le son réel des chaînes d'esclaves ». Ne pouvant sur l'heure prendre Léonie dans mes bras, je me résolus à répondre : « Regarde l'océan, c'est celui-là même que j'ai sous les yeux (je terminais un roman près de la dune du Pyla), regarde-le, écoute-le, entends-le, il est rempli de mes mots et de mes pensées pour toi. »

47

À Bamako ce jour-là.

Une vieille femme prénommée Safiatou arrivée l'après-midi même en bateau par le fleuve Niger, se présente devant la scène vide. Face aux tréteaux de plein air où *Le Bal de N'dinga* se produisait ce soir-là, elle s'était assise sur une chaise au milieu du personnel chic des ambassades, des dignitaires locaux et, contrairement aux femmes habillées soit de boubous colorés, soit de tailleurs copiés sur ceux des griotes vues à la télé, elle portait une sorte de sari d'un rouge vif dont un collier d'or s'employait à parachever l'élégance. Une fois la représentation terminée, les yeux de la femme restèrent fixés sur Léonie. Lorsque les spectateurs venus des quartiers sombres de Bamako s'en allèrent, que les officiels et les élégantes eurent retrouvé leurs villas et leurs palais, la vieille dame s'approcha de Léonie d'un pas de majesté et parla à peu près ainsi : « Je n'ai regardé que toi durant toute la pièce, je t'ai observée, j'ai étudié tes gestes, j'ai écouté ta voix, j'ai vu dans la lumière de tes yeux que tu savais depuis longtemps une partie des choses que je sais. Tu n'es

Antillaise que d'apparence car c'est d'ici que tu viens, de ma ville, Mopti, tu nous ressembles, tu as la grâce des Peuls, leur beauté, l'intensité intérieure d'une ethnie ancienne qui a appris le monde en écoutant le vent, en caressant les pierres, en écrivant sur la poussière des terres croûteuses des prières au soleil et aux étoiles. Nous sommes des errants, un peuple qui marche... »

La femme se tut, prit la jeune comédienne dans ses bras et cette fois, portant sa bouche à l'oreille de Léonie, lui chuchota des mots qui n'étaient destinés ni au vent, ni au ciel, mais à elle seule : « Au nom de mon peuple, moi Safiatou Djiké, je te dis solennellement qu'à cet instant tu as gagné un peuple puisque je viens de te retrouver, toi et ton histoire d'aujourd'hui, pour t'installer dans nos mémoires. »

Divagation de folle ? Peu importe, les mots que Léonie l'orpheline souhaitait s'entendre dire venaient d'être prononcés dans la nuit tombante de Bamako. Ils s'imprimaient dans son cœur, dans son corps, lui offrant un long passé qui la faisait désormais appartenir à l'Afrique, le continent de son ascendance, celui de ses premiers rêves, de ses désirs.

Face à une scène de théâtre vide, la jeune métisse regardait, attentive et bouleversée, le visage d'une vieille femme, celle qui, arrivée de nulle part, venait de lui trouver la trace fondatrice qui donnerait quelques forces à sa vie. Dans le chuchotement discret de deux personnes qui par une si belle nuit ne pouvaient se quitter, la petite fille abandonnée dans un hall d'aérogare faisait connaissance avec son histoire ancienne, son épopée d'ailleurs, les infinis déserts qu'elle n'avait, qu'en rêve, traversés…

La nuit africaine s'empara des êtres et des mirages, les étoiles de l'hémisphère Sud frôlèrent de leur vive lumière les ombres lasses des ruelles défoncées de Bamako. Loin du Quartier du Fleuve, à Missira, des jeunes gens écoutant Oumou Sangaré fumaient des joints coupés de tabacs blonds de Virginie. L'air était doux et aux remugles de l'herbe se mêlaient les odeurs plus âpres du mafé et de l'encens.

48

Je retrouvai sans difficulté le commissariat devant lequel je m'étais garé le matin même. *Bad news from the stars*, la police niçoise m'avait honoré de trois contraventions, menace d'enlèvement. Bref, en quelques minutes je fus au parking souterrain de mon hôtel et remisai ma voiture au premier sous-sol. Mon sac en bandoulière, je fus aussitôt dans l'ascenseur qui conduisait à ma chambre.

Diaphane, une petite brume stagnait aérienne au-dessus de la mer. Bien que j'aie du mal à ôter mon regard de ces dégradés d'indigo qui enchantaient mes yeux, je m'occupai à raccorder mon ordinateur à la prise téléphonique. Léonie m'avait-elle écrit ? Je cliquai sur l'*inbox* et repérai aussitôt sa signature perdue au milieu de messages futiles.

« *Tu es loin et tu te tais. Je t'ai déjà dit que tu me manquais, que je respirais mal sans toi, qu'une barre de souffrance régnait en permanence dans mon ventre. Cette nuit j'ai eu mes règles et elles me font mal. Deux maux me torturent, comment savoir lequel est le plus douloureux ? Sans doute celui que tu m'assènes, l'autre je le connais puisque chaque mois, comme toutes les femmes, je fais la guerre à mon corps. Avec toi, la souffrance est nouvelle. On ne s'habitue pas aux tourments qu'inflige un amant. Ce n'est pourtant pas difficile d'aimer simplement une femme, lui dire les mots qui existent dans le monde pour qu'elle ne devienne pas folle.*

J'essaie de t'embrasser avec le plus de tendresse possible. Léonie. »

Équilibriste inconséquent, j'avais joué avec le diable. Sans nouvelles de ma part, il ne fallait pas être devin pour imaginer que les choses n'iraient qu'en empirant. De plus, ses règles mettaient toujours Léonie dans un état second. « Je ne suis plus moi-même, je me sens possédée », disait-elle, soumise aux violences d'un mal incontrôlé. Comme si elle avait ingurgité une drogue malfaisante, elle devenait irascible, agressive pour un détail, un mot, un retard. Son message montrait qu'elle s'était contrôlée et ne manifestait aucune hargne palpable.

« *Léonie, je reviens demain t'encercler de mes souffles amoureux. Pour te voir, te serrer dans mes bras, sentir tes parfums, étreindre tes mains. Elle fut longue cette semaine sans entendre ta voix, sans nos précieuses discussions du soir, sans te tou-*

cher ni t'embrasser. Toi aussi tu m'as manqué. Il est étrange de s'éloigner ainsi de ceux que l'on aime comme s'ils ne pouvaient entendre les reproches que l'on a, finalement, à n'adresser qu'à soi-même. Il faut faire confiance à ceux qui vibrent en même temps que nous aux mêmes choses de la vie. Il y a des harmonies qui ne doivent jamais être brisées. C'est à moi seul que je fais ce reproche. Je t'embrasse infiniment avant de pouvoir coller ma bouche sur ta peau. Ton amoureux. »

Écrivant ces mots à toute vitesse, je venais impulsivement de décider mon retour pour Paris. Je n'avais pas encore choisi le mode de transport, TGV, avion ? j'aviserais. Pour l'heure, je voulais jouir encore de mon privilège – mon paysage –, profiter de mes derniers instants de Méditerranée et de ses bleus délavés, du soleil qui allait bientôt s'alanguir aux extrêmes de la baie.

Ultimes heures d'un voyage en solitaire qui ne m'avait même pas conduit jusqu'à Venise ! Me resteraient des visages, quelques pages d'écriture, des élans... Raymond, Luna, Camille, Marie-Claire, Lucien, étaient venus distraire quelques fragments de quotidien, ils m'avaient autorisé à les aimer le temps d'une nuit, d'un trajet, d'un regard. Quelles empreintes gardons-nous de ces fusions éphémères ? Des bribes de mots, la texture d'une peau, des silhouettes ? Ces gens de la furtivité deviennent des ombres mouvantes, des passants qui ont croisé à un moment donné notre existence. Ils s'évanouissent comme ils sont venus, restent dans nos mémoires les détails insignifiants qui nous ont poussés amoureusement vers eux : un minois, une énigme, une détresse. Attractions électives qui auront obliqué notre trajectoire quelques instants vers des pôles inconnus d'humanité. Elles ont éveillé en nous un désir de proximité, être au plus près d'eux, à leur contact, une heure, une nuit, entendre leur voix raconter de brèves séquences de leur histoire comme s'ils ouvraient pour nous seuls quelques pages du roman de leur vie. L'étrangeté demeure : qu'est-ce qui a fait que ce furent ceux-là et pas d'autres ? « Il n'y a pas de hasard, me dit un jour Chris Marker sur le trottoir des numéros impairs de la Place Dauphine, il n'y a que des miracles ! »

49

Ultimes voluptés.

Le soleil était redescendu de son zénith et rougeoyait vers le lointain derrière une escadrille d'avions stationnés sur les pistes de l'aéroport. Je m'installai dans mon transat et, béat, contemplai cette beauté des quotidiens méditerranéens. Je vivais là les derniers moments de mon dernier soir dans un territoire que j'étais venu rencontrer comme s'il s'était agi d'un eldorado existentiel. Ne voulant pas user mon plaisir esthétique, j'ouvris grand les yeux puis les refermai, gardant ainsi quelques instants en mémoire les braises de rose et d'orangé qui enluminaient le ciel.

Mon voyage terminé, j'inversais les valeurs qui m'avaient fait me réjouir de surprises inordinaires qui à présent me contrariaient. J'avais envie et besoin de mes livres, de mes instruments de musique, de mon environnement et, plus que tout, de la présence réparatrice de Léonie. La voir, l'écouter, l'effleurer. Je l'espérais comme on attend la seconde où l'espace va se refermer sur deux entités aimantes qui vont discourir, avec leurs corps et leurs cœurs, chaque nuit de chaque matin : « Je suis Noire et un peu bavarde, mais tu le sais, j'ai mis des années avant d'oser parler, écrire, j'avais tellement peur de mes fautes d'orthographe et de français que j'ai lu les auteurs et les philosophes les plus difficiles afin de mémoriser des mots que j'ignorais. Aujourd'hui je peins l'espace d'entre les gens, l'espace invisible qui relie les amants, et si je ne dis jamais que je t'aime, cet amour impalpable est là, sur mes toiles, la source féconde de mon travail, que je te dédie… »

Je savourais mes dernières heures de vacance comme s'il s'agissait d'un sas magique entre une réalité vagabonde faite de morceaux éparpillés de vie et celle, sédentaire, qui me verrait devenir attentionné et présent en la compagnie d'une seule femme. Celle que les incertitudes de ma randonnée venaient de me faire retrouver alors que le temps était venu d'envisager le terme du voyage qui avait permis cela. Comment en décide-t-on la fin ? Nulle pancarte autoroutière pour indiquer le temps du retour advenu. Alors la fatigue, la nostalgie, la solitude ? Je n'étais nullement fatigué et n'avais pas eu à subir les affres de la solitude tant mes rencontres m'avaient distrait de celle-ci. Restait la nostalgie, ce sentiment étrange du manque et de l'absence, où des lieux et des personnes éloignés sont devenus le centre vital de nos affects, là où on l'imagine, vibreraient des corps apaisés.

Lucien ne téléphona pas.

Je me souvins alors de la fin de mon périple américain de l'été 72 où, à Los Angeles, je décidai que l'heure du retour venait de retentir dans mon horloge interne. Impatient de France, je retraversai d'Ouest en Est un continent à toute allure, ne m'arrêtant que pour dormir, empruntant des cars *Greyhound* quand l'auto-stop devenait aléatoire, pour filer au plus vite vers New York et l'aéroport J.F.K. Trois mois à vagabonder avec un sac sur le dos m'avaient gavé d'autoroutes et de dangers, et je n'envisageais qu'un salut à ce vacarme : mon studio du XVIIIe arrondissement où j'allais pouvoir rêvasser tout mon saoul, la tête remplie de visages et de paysages américains.

J'avais parcouru mes cinq mille derniers kilomètres comme un voleur, pressé de jouir, dans une aire paisible, de son butin. Parti malingre je revenais ogre, repu d'un voyage initiatique qui m'avait appris le bonheur diffus de n'être qu'un infime point du monde, et d'en avoir joui. Comme d'autres se dirigent remplis d'abnégation vers le service public ou se lancent, avides, dans l'import-export, j'allais devenir l'architecte consciencieux de ma propre vie. Cinq ans plus tard j'irais installer ma *manufacture des rêves* dans l'île de la Cité, au cœur historique et géographique d'une capitale, Place Dauphine. Le sexe de Paris comme la baptisa André Breton qui vécut là quelques chauds cinq à sept en compagnie de Nadja dans la chambre 42 de l'hôtel Henri IV, face à mes fenêtres. Appartement qui demeura longtemps un étriqué deux pièces avant de se transformer ces dernières années en spacieux duplex. Comme si ce changement avait été réalisé pour ne l'offrir qu'à elle, Léonie, je m'imaginai qu'elle devait s'installer à demeure dans cet endroit, au plus près de moi. Peut-être que lasse de mes tergiversations n'y était-elle plus disposée… Être au plus vite à ses côtés, l'étreindre, prononcer les mots manquants qui viendraient cimenter une relation par trop fragmentée.

Elle m'embrassa :
« Ce sont des lèvres aussi réelles que l'univers »,
dit-elle.
« Ce parfum s'exhale de mes cheveux et non
de ton imagination », dit-elle.
« Les étoiles existent, bien que les aveugles ne
les voient pas, contemple-les dans le ciel ou dans
mes yeux », dit-elle.

Nazim Hikmet

50

Pressé, je m'étais finalement décidé pour l'aviation, une compagnie *low cost*. J'avais rendu ma voiture de location à l'aéroport, une heure plus tard nous commencions notre descente sur Paris. Je prenais toujours une place côté allée, non que je sois claustrophobe ou que je dédaigne le paysage des nuages qu'offraient les hublots, mais j'aimais assister au défilé des stewards et hôtesses, prendre ainsi le pouls de la vie interne d'un aéronef.

Je n'avais pas prévenu Léonie de l'heure de mon arrivée, j'avais toujours détesté être attendu dans un aéroport. Serait-elle venue ? J'avais en revanche téléphoné à Ferhat, un ami Tunisien, chauffeur de taxi, qui avait l'extrême courtoisie de remettre son compteur à zéro chaque fois qu'il redémarrait après être venu me récupérer. Je compensais ses largesses en lui octroyant les miennes sous forme de conséquents pourboires. Donnant donnant... Lorsque j'aperçus dans la foule son crâne aux cheveux ras, grisonnants, ses yeux rieurs cherchant les miens dans le hall d'arrivée, je fus heureux, une fois encore, de constater la bonne synchronisation de nos rencontres. Il voulut prendre mon sac, je refusai. Je l'avais porté plus d'une semaine, je pouvais faire encore une centaine de mètres à ses côtés pour rejoindre son taxi.

Sur l'autoroute qui nous ramenait à la capitale, Ferhat me parla de son fils aîné en stage à Bruxelles dans un groupe pharmaceutique européen, de sa cadette en première année de médecine. Lorsqu'il se rendait chez sa mère à Tunis, il ne manquait pas de me rapporter une ou deux barquettes de dattes fourrées à la pâte d'amande.

Me laissant au bas de mon immeuble, sans se retourner, il me fit un signe par la vitre lorsqu'il quitta la place.

Code d'entrée, trousseau de clés, serrures. Ma boîte aux lettres débordait de courrier. Je m'en saisis et montai les trois étages. Dans l'appartement, l'agencement des choses était tel que je l'avais laissé. La femme de ménage était passée et la moquette gris moucheté portait encore les traces de l'aspirateur qui avait lissé les fils de laine vers le ciel. Je remarquai l'odeur discrète qui régnait là, frêle odeur que j'oubliais à chacun de mes voyages mais qui était la signature olfactive de mon appartement lorsque je le retrouvais. À mes retours, ce parfum légèrement fumé m'enveloppait pour me rassurer : j'étais bien chez moi et pas ailleurs.

Je déversai le contenu de mon sac, fis un tas de mes habits salis par huit jours de voyage et déposai mon ordinateur sur la petite table en pin, face à une des fenêtres.

J'appelai Léonie. Boîte vocale. Je lui signalai mon retour et mon désir urgentissime de la voir. J'avais envie de l'aspirer, là, sur-le-champ, la respirer, paupières closes, m'agenouiller devant cette femme. Fermer les yeux et oublier le monde. Cela me contraria de ne pas tomber directement sur elle, comme s'il fallait toujours que les gens que l'on aime soient là, impatients, à nous attendre !

51

Une petite pluie d'automne se mit à couler le long des arbres dénudés de la place. Troncs noirs, des squelettes.

Je me retrouvais sur mon île au cœur de Paris et j'aimais à chacun de mes retours redécouvrir la rumeur assourdie d'une capitale. Pour la déchiffrer, la décoder, en extraire les bouquets comme les blessures. Je la sentais frémissante autour de moi, piaffante de vie et de désirs, une abstraction sonore dont je m'inspirais lorsque j'écrivais durant mes heures noctambules. Je puisais là des histoires de solitude urbaine, les élans inassouvis de ses habitants, roulant, marchant dans ses avenues, en quête d'une vie à vivre. Quoi de plus déchirant qu'une mégapole ! Tant de destins s'y croisent sans jamais se rencontrer, ils glissent, s'effleurent et continuent leur chemin en gardant quelques secondes en mémoire, comme une traînée fluorescente, l'extase d'instants imaginaires qu'ils auraient eu à vivre s'ils avaient eu l'audace, une seconde, de s'arrêter. Oser parler, tout est là. Que de mots avortés de n'avoir pas été prononcés ! Chacun continue sa route avec ce torrent de paroles qui reste au travers du cœur et de la gorge et les rames de métro redémarrent pour traverser leurs sombres tunnels qui se remplissent de rêves et de mots tus. Les mégapoles sont de grandes décharges oniriques où se retrouvent amoncelés, à la nuit, les déchets de silence de leurs millions d'habitants, chacun restant étrangement muet devant la personne qui aurait pu, à jamais, l'ensorceler.

J'installai mon ordinateur et me connectai au réseau. Spams habituels au milieu desquels se glissait comme un rayon de lune un mail de Léonie. Pourquoi avait-elle écrit plutôt que de m'appeler directement ? J'en compris aussitôt la raison :

« *J'ai trop souffert pendant cette dernière absence et j'ai peur qu'il en soit éternellement ainsi : ta présence, puis du silence ; de l'amour puis encore un départ et le silence qui oppresse. Il faudra bien un jour que tu apprennes à aimer si tu ne veux pas finir dans la plus méchante des solitudes…* »

Je lus la suite et, ligne après ligne, des vagues de détresse s'abattaient sur moi qui me rendaient, à chaque mot, à chaque phrase, plus misérable encore de n'avoir pas su imaginer ce triste scénario. Le texte se terminait ainsi :

« *Vagabonde à ta guise tant que tu veux, mais sans moi.* »

C'était bien l'adieu de Léonie que je venais de lire.

Je ne pris pas mon portable pour tenter l'improbable explication qui ne mènerait à rien. Il y avait là des mots sur lesquels on ne revient sans doute pas. Je me trouvais au cœur de nulle part avec une pointe acérée qui fouillait ma poitrine. Je regardais les objets qui m'entouraient et revoyais à toute allure ces témoins inertes de nos innombrables discussions, de nos étreintes, de notre entente d'alors. Mon coup de folie pour le grand large me ramenait subitement à l'étroit. Pour écrire une telle lettre il avait fallu que le mal-être fût grand et j'imaginai, avec affection, sa détresse qui devait être aussi ravageuse que la mienne à l'instant où j'en prenais connaissance. Il y a peu, elle écrivait *tu me manques*, aujourd'hui je ne lui manquais plus, j'étais devenu un poids qu'elle ne pouvait supporter. Sans doute le poids de mes années et de mes quêtes insensées. J'étais parti pour revivre l'innocence d'un premier jour, errer sur des autoroutes comme au temps de mes ferveurs adolescentes et je n'avais trouvé que moi, perclus d'un mal qui ne m'avait jamais quitté, celui de croire qu'ailleurs il est des cieux plus radieux que là où l'on vit, entouré de personnes qui ne demandent rien, sinon d'être considérées pour ce qu'elles sont : les détentrices d'un bonheur ordinaire.

Peut-être allais-je écrire ces mille pages qui tenteraient de décrypter le visage *beau et gracieux* de Léonie, une offrande d'écrivain, le minimum de ce que je lui devais pour n'avoir pas su m'étonner à temps du fabuleux cadeau qu'elle m'offrait en voulant mêler son existence à la mienne.

ÉPILOGUE

1

Mangeais peu, buvais trop, m'endormais aux matins, ne lisais plus les journaux, m'abrutissais sur de stupides mots croisés, restais des heures à *La Rhumerie*, regardais hagard passer des convois protocolaires, punchs coco, évitais le Meursault, libido zéro, le goût de rien qui ne soit elle, une jupe, un tailleur d'elle que je reniflais comme un épagneul à l'arrêt, prenais du plaisir à pleurer, tout juste capable de lire des BD, vivais au ralenti, bagnole déglinguée cherche garagiste pour réparer panne de cœur, l'amour se vivifie à l'aune des désespoirs, gaspillais mon temps à désespérer plus encore, me trouver presque heureux d'être au plus bas, ténèbres maudites, au fin fond de je ne sais quel gouffre célèbre, Padirac, Danaïdes, Pierre-Saint-Martin, parlais à Dieu que je connais peu, suppliant, une larve, vérifiais chaque quart d'heure l'arrivée des mails, ne répondais à aucun, attendais une ligne d'elle, ses *tu me manques* me manquaient, paroles du temps passé, celui que l'on voudrait avoir embarqué avec soi, dans un vaisseau de pirates, son trésor, fragment de l'ère glaciaire, resté tel quel, immaculé, avec ses amibes gelées, protozoaires du passé, crépusculaires tendresses, regardais jaloux les couples dans la rue, les enfants métis d'Haïti, humait son *Chanel N°5* resté sur une tablette, zonais dans son quartier, ses cafés, l'apercevoir, comment respire-t-elle, sa frimousse, ses jambes, son port de tête, n'espérais rien, mais faisais quand même, quels vêtements, jean ou jupe, quel foulard, boots ou mocassins, marchais dans les rues, évitais les regards, ne voyais plus les visages, n'ouvrais plus le courrier, horizon bouché, le pire : le soleil tombé, la nuit et seul, perdu.

2

Les chagrins d'amour se ressemblaient. Tous étaient la marque du manque, pas d'une drogue dure comme je l'avais longtemps supposé, mais le manque de soi *plus* l'autre, le manque de l'autre *plus* soi, figure de l'espace, cet ensemble compact tressé de fils de soie, de chanvres, de fils de verre et de nylons avait disparu. Un organisme amoureux s'était dissous dans les airs viciés d'une cité de silence, entité connectée par des millions de synapses, de réseaux, de rhizomes, connexions électro-sentimentales des amants qui se connaissent, se savent, se magnétisent l'un l'autre pour produire une flamme électrique montée au ciel et qui rayonne partout dans le monde. C'est cela l'unicité de l'amour, un vertige incontrôlé de deux personnes qui à elles seules sont peu, et à deux sont tout, qui ne se contentent pas de regarder ensemble dans la même direction, leurs yeux synoptiques pénétrant chaque interstice, les fêlures humaines et animales, le polissement des choses, les éclats de roches, les failles tectoniques, les nano-secondes, brefs éblouissements du temps qui s'enfuit. Ils savent tout des montagnes et des océans, ils sont l'univers, une molécule amoureuse qui se nourrit des étoiles et du vent, de la neige et des temples battus, des acides gras et du CO_2, ils vampirisent ceux qu'ils rencontrent, en eux règne une lumière qui contredit la médiocrité.

Inspiré par rien, nu, à sec, je rédigeai une infinité de listes, gratuites, inutiles, qui me faisaient passer le temps et entretenaient mon muscle cérébral pour le jour où… Le jour où ça me reprendrait d'écrire autre chose que des taxinomies improbables. Mais quel avenir ? Un roman, un engagement ? Impossible, pour l'heure ma volonté tétanisée restait prisonnière d'un délit d'amour. Les listes à propos de tout et de rien avaient le bel avantage de ne faire appel qu'à des choses depuis longtemps ancrées dans le disque granité de la mémoire, là où il suffisait de piocher, presque au hasard, pour obtenir, antidotes à la tristesse, les noms et évènements qui avaient un jour séduit.

Je livre *ex abrupto* quelques-uns de mes « somptueux » travaux de cafard et de néant. Ainsi arrive en premier une *Énumération des belles choses*, billets gagnants du Loto, *satori*, extases, instants de bonheur, bienvenus par temps gris, à se remémorer comme un tantra obsessionnel :

Liste des Belles Choses :
Un soir de lucioles dans une forêt de Grasse (juin 95).
Des carpes centenaires nageant sous les nénuphars du Parc Meiji à Tokyo (mai 80).
Quatre jours à La Colombe d'or passés avec Simone Signoret (mai 78).
Ma première amoureuse et première amante (août 62).
Mes rencontres et déjeuners avec un président de la République (octobre 87/mars 95).
Mes prix d'excellence à l'école primaire, fierté de mon père (juin 52-53-54-55).
Premier voyage en avion, quadriréacteur à hélices, Paris-Varsovie (juillet 67).
Traversée des États-Unis en stop (juin/août 72).
Ivresse et mezcal au sommet d'une pyramide zapotèque, Oaxaca (juin 83).
Premier roman publié (janvier 71).
Prix Médicis (novembre 91).
Un Meursault 2006 *Les Luchets* (février 2010).
Arrivée en avion au petit matin sur les côtes japonaises pour un premier concert nippon (février 77).
Après *dix* ans d'absence, mes retrouvailles avec Léonie (octobre 2002).

À l'évocation de cet ultime souvenir, des fibrilles de larmes se faufilèrent sous mes paupières, je m'efforçai de les effacer et continuai mes listes, braqué cette fois sur le chiffre dix.

Liste de mes dix mots préférés :
Aujourd'hui, femme, étoile, ciel, océan, amour, désir, monde, volcan, désert.

Listes inutiles (suite), les dix livres qui comptèrent :
La Peau de Curzio Malaparte, *L'Étranger* d'Albert Camus, *Extinction* de Thomas Bernhard, *Solal* d'Albert Cohen, *Voyage au bout de la nuit* de Louis-Ferdinand Céline, *Les Mots* de Jean-Paul Sartre, *Les Choses* de Georges Perec, *Tendre Jeudi* de John Steinbeck, *L'Insoutenable Légèreté de l'être* de Milan Kundera, *Un amour insensé* de Junichirô Tanizaki.

Listes inutiles (suite et fin), les dix spectacles qui laissèrent de sacrées traces :
La Chevauchée sur le lac de Constance de Peter Handke, mise en scène Claude Régy, *Peer Gynt* d'Henrik Ibsen, mise en scène Patrice Chéreau, *Le Regard du sourd* de Bob Wilson, *Les Trois sœurs* d'Anton Tchekhov, mise en scène Lucian Pintilié, *Fin de partie* de Samuel Beckett, mise en scène Bernard Lévy, *La Cantatrice chauve* d'Eugène Ionesco, mise en scène reprise de Jacques Lassalle, *Le Roi Lear* de William Shakespeare, mise en scène André Engel, *Bartleby* de Herman Merville, mise en scène David Géry, *La Tempête* de William Shakespeare, mise en scène Peter Brook, *Woyzeck* de Georg Büchner, mise en scène Georges Lavaudant.

Dix films qui m'embarquèrent loin, très loin :
Le Mépris de Jean-Luc Godard, *8 1/2* de Federico Fellini, *Providence* d'Alain Resnais, *La Jetée* de Chris Marker, *Manhattan* de Woody Allen, *In the mood for love* de Wong Kar-wai, *Into the wild* de Sean Penn, *Lady Chatterley* de Pascale Ferran, *Mystic River* de Clint Eastwood, *Matrix* des frères Wachowski, *Un prophète* de Jacques Audiard.

Les *listes inutiles* avaient l'avantage que je m'en tienne à la seule contemplation de mon *histoire longue* sans devoir creuser dans un passé trop récent que je voulais m'éviter.

Moi qui avais tant aimé le mot *aujourd'hui*, aujourd'hui il m'ensevelissait.

3

Les jours passèrent. Une semaine, puis deux, puis trois…

Au bout d'un mois, deux ? – mais avais-je vraiment compté –, où je n'attendais plus rien, un signe arriva, une plume voletant dans les labyrinthes du cyberespace, petite annonce signée du prénom aimé, attendu, le prénom qui venait de m'anéantir :

« *Appartement, grand, pour deux et plus si affinités, dernier étage comme tu aimes, on voit Paris, les parcs, les monuments et les squares, le ciel dans tous ses états. Je ne te l'ai jamais dit : je déteste ton appartement de la Place Dauphine, trop d'antan et trop d'hier, trop de femmes passées par là, leur parfum, leur odeur, leurs traces de doigts qui souillent encore aux embrasures… Si tu veux vivre un véritable commencement, une histoire de nous, au passé, au présent, à demain, défais-toi de tes vieux vêtements, et si ton orgueil peut traverser la détestable guerre qui nous a enveloppés ces dernières semaines, écris, ose répondre, dis-*

moi que tu n'es pas déjà reparti pour là où je ne suis pas, parce que, sache-le, je suis ici, je ne suis jamais partie, juste prendre un verre, acheter des cigarettes au tabac du coin, mon voyage à moi était un recueillement, pas un renoncement, mais une pensée de nous… Tu me manques. Léonie. »

Pas su pleurer, pas su parler, pas su rire, resté hagard à regarder, par les rideaux de tulle entrouverts, les branches glabres des arbres effeuillés, leur déploiement, je voulais m'agenouiller, dire merci à Dieu, au ciel, aux divinités grecques et mexicaines…

Je songeai alors qu'il faudrait prendre le temps, longtemps avant de mourir, de remercier ceux qui nous ont aimés, leur dire avec des mots simples, un beau sourire accroché au visage ou sur la calligraphie d'une lettre, merci à vous qui avez fait qu'un jour nos regards s'unissent, que nos mains s'effleurent, se prennent, que nos cœurs battent à la même mesure, le temps d'un silence, le temps d'un concert, d'un voyage, le temps d'un impromptu de piano, d'un chorus électrique, d'un flamenco, merci à la *saudade* de vous, à la *Sehnsucht* de vous, à la *nostalgie* de vous, vous, rencontrés à un carrefour, sur un tarmac d'aéroport, dans une salle de classe, à un mariage, croisés dans une contrée d'ailleurs, loin de tout, loin d'écritures que je ne pouvais décoder, dans des langues que j'ignorais, croisés dans mon pays, ma langue de naissance, celle de Dumas Alexandre petit-fils de Cézette esclave à Saint-Domingue, vous êtes mes météores, mes étoiles filantes, mes premiers bonheurs du jour, merci d'être restés inscrits après tant de temps et tant d'années encore vifs dans ma mémoire, souriants, aimants, vos paroles accrochées à fleur de peau, vos bras serrant mes épaules, vos yeux lumineux de bienvenue, brillants de larmes pour un au revoir, des retrouvailles, merci d'avoir été ce que vous êtes, gens ordinaires ou d'exception, qui m'avez enseigné de vivre, de rire, de penser, d'aimer, de grandir, de m'éloigner de vous le cœur lourd, prisonnier de vos bontés, de vos beautés, merci à ceux qui furent des amis, des amantes, des amours, c'est à vous que je m'adresse pour que vous sachiez ma gratitude pour votre sollicitude envers moi, d'un instant ou de longtemps, sans failles, sans noises, qui m'avez permis de vivre sans être affecté d'une ultime maladie de l'âme, parce que je vous savais exister, que ce fut un réconfort de toujours de savoir qu'un lien invisible nous reliait, quelles que soient les républiques et les tourments, les deuils et la chance qui s'en va...

Je te remercie Léonie, toi la seule chose au monde que l'on cherche comme un dément, un corps et une âme où s'allient la grâce et la beauté, que l'on cherche depuis sa naissance, la belle et parfaite altérité, ce qu'un homme désire depuis toujours au plus profond de son cœur.

Aujourd'hui venait de me saisir, il m'envahissait, tempêtait en moi, j'écrirais un long poème qui commencerait ainsi :

Aujourd'hui je t'aime,
nous sommes vivants toi et moi
au milieu des tremblements du monde,
pourtant l'amour que nous nous portons
règne sur la Terre, la gouverne,
il irradie chaque recoin du malheur...

Les citations figurant p. 53 et p. 262 du présent ouvrage sont extraites du poème « Les gorges froides » de Robert Desnos (in *C'est les bottes de 7 lieues cette phrase « je me vois »*, recueilli dans *Destinée arbitraire*, Éditions Gallimard) et de l'anthologie poétique *C'est un dur métier que l'exil* de Nazim Hikmet (Éditions Le Temps des cerises, 2009).

Pour l'éditeur, le principe est d'utiliser des papiers composés de fibres naturelles, renouvelables, recyclables et fabriquées à partir de bois issus de forêts qui adoptent un système d'aménagement durable.

En outre, l'éditeur attend de ses fournisseurs de papier qu'ils s'inscrivent dans une démarche de certification environnementale reconnue.

Ce volume a été composé
par IGS-CP à L'Isle-d'Espagnac (Charente)
et achevé d'imprimer en janvier 2011
sur Roto-Page
par l'Imprimerie Floch
à Mayenne
pour le compte des Éditions Stock
31, rue de Fleurus, 75006 Paris

Imprimé en France

Dépôt légal : février 2011
N° d'édition : 01 – N° d'impression : 78666
54-51-7930/8